A IDADE SECRETA

Eugenia Rico

A IDADE SECRETA

Tradução de
EBRÉIA DE CASTRO ALVES

Rocco

Título do original:
LA EDAD SECRETA

EDITORA ROCCO LTDA.
Av. Presidente Wilson, 231 – 8º andar
20030-021 – Rio de Janeiro, RJ
Tel.: (21) 3525-2000 – Fax: (21) 3525-2001
rocco@rocco.com.br
www.rocco.com.br

Printed in Brazil/Impresso no Brasil

preparação de originais
MÔNICA MARTINS FIGUEIREDO

CIP-Brasil. Catalogação-na-fonte.
Sindicato Nacional dos Editores de Livros, RJ.

R399i Rico, Eugenia, 1972 -
A idade secreta
/ Eugenia Rico ; tradução de Ebréia de Castro Alves. –
Rio de Janeiro : Rocco, 2006.

Tradução de: La edad secreta
ISBN: 85-325-2055-3

1. Ficção espanhola.
I. Alves, Ebréia de Castro. I. Título.

06-1167 CDD-863
CDU-821.134.2-3

Eu não procuro, encontro.

– *Picasso*

Ainda neva em Nauchipán.
Homens, mulheres e princesas,
Em Nauchipán, todo o mundo conhece
A verdadeira e única
Idade Secreta.

Todos temos a mesma idade. Eu, ela, você também. Porque a verdadeira idade são os anos que nos restam para viver, e esses ninguém sabe. Esses são a verdadeira Idade Secreta. Um dia, entretanto, sem qüerer, você conhece sua verdadeira idade.

Dizem-lhe que você vai morrer; garantem-no sem a menor sombra de dúvida. Você se senta para esperar a morte, e a morte não chega. Por outro lado, chega o seu último dia, o prazo fixado para sua morte, mas você parece se agarrar à vida. Passam-se os meses, os últimos meses que lhe restavam e que você utilizou tão mal, e você continua neste mundo do qual não soube despedir-se. Você não está mal, está melhor do que nunca. Resolveu seus assuntos, despediu-se de todos, repartiu seu dinheiro e agora não sabe o que fazer com a liberdade com que a morte a presenteou.

Por fim, você vai ao hospital e lhe dizem que está curada, que talvez nunca tenha estado doente, possivelmente se confundiram com o diagnóstico de outro paciente, ou, talvez, tenha havido um milagre. Essas coisas acontecem, embora cada vez menos. Já não existe razão para você morrer. Se uma telha não lhe cair em cima, nem você for atropelada por um carro, pode viver mais do que o médico que a olha como se você já fosse de outro mundo. Você também já se havia acostumado a olhar todos os seres vivos, considerando a possibilidade de convidá-los ou não para seu enterro. E agora você sai do hospital e sua vida se oferece à sua frente como um deserto a ser atravessado de carro.

A música, como a vida, só acontece uma vez e agora é como se você a escutasse pela primeira vez.

Disseram-lhe que lhe restavam três meses de vida. Disseram-lhe que você tinha um tumor incurável e que ia morrer. Em seguida, lhe disseram que se havia cometido um erro, que você iria viver, e que era preciso continuar vivendo como até então. Mas as coisas já não podiam ser como até agora.

Você pegou o carro, a única coisa que lhe restara, porque o resto – a casa, as crianças – não era seu ou não era *apenas* seu. Você entrou no carro e o dirigiu rumo ao Norte. Sem pressa, porque a pressa já não fazia sentido. As fábricas, os chalés, os cartazes de publicidade passam e ela espera ver um pássaro em algum lugar. De repente, vê um falcão negro pousar sobre o letreiro de um posto de gasolina. Liga o pisca-pisca, para anunciar a todos que vai mudar de direção, e pára junto à bomba de gasolina. Um homem de macacão passa as mãos sujas de preto no cabelo grisalho.

Ela constata que o tanque de gasolina de seu pequeno carro está quase cheio.

Mesmo assim, manda completar o que falta de gasolina: tudo se pode encher mais um pouco. Digo que sempre o quero mais cheio, e então começo a me sentir um pouco melhor, um pouco mais eu mesma.

Foi então que o vi pela primeira vez. E não me pareceu grande coisa: era um rapaz louro, esbelto, com o cabelo caindo no rosto, as pernas muito finas, como se não fossem capazes de sustentar um sorriso tão provocador.

Você vai à cidade romana?

Não sei, talvez, que é que tem lá?

Tem uma muralha e uma cidade de três mil anos que eu nunca vi.

Eu também não a conheço, sua cidade romana parece atraente. O que me importa mesmo é ir até o Norte.

Ele põe a mochila na parte traseira do meu carro, que agora está mais cheio do que antes, mas não parece menor do que antes: parece maior, embora seja somente um minúsculo utilitário verde. Faz muito calor. É o final do verão. Um verão que devia ter acabado há muito, mas que insiste em continuar, carregado de promessas e de nuvens ébrias que anunciam chuva.

São cinco da tarde em ponto. Ligo mais uma vez o pisca-pisca e me afasto do posto de gasolina.Um lugar onde nunca estive e ao qual provavelmente não voltarei. Um lugar ao qual poderia voltar sem me dar conta disso, pois é igual a todos os postos de gasolina onde nunca estive nem estarei.

Estou quase arrependida. Esse homem pode me matar, pode me violentar.

Mas então ele olha para mim.

Esta é a história dela e dele. Igual a todas as histórias. Ela tem mais vinte anos que ele, mas isso não é o que importa. O que importa é a viagem que fazem juntos, uma viagem que ninguém sabe onde pode acabar.

Ela dirige sem destino, sempre em direção ao Norte. Ela sou eu. Mas é um eu que já não me agrada. Um eu que nunca sou eu. Ela pára num posto de gasolina e conhece um rapaz louro. Então ela deixa de ser ela e se transforma em mim. Tenho mais vinte anos do que o rapaz louro. Eu nunca amei. Acreditava que sim, até o instante em que olho o rosto do rapaz adormecido e sei que isso não era amor.

Tampouco sei se isto é amor. Começamos a viajar juntos e sabemos que nossa viagem terminará um dia: quando meu dinheiro acabar ou quando ele precisar voltar à universidade.

A princípio ele não falava de Nauchipán. Aliás, não falava muito de nada.

Só falou quando ficou dentro de mim. Depois disso, não falou de outra coisa.

Disse-me que os antigos escolhiam a ovelha mais bonita, a que tivesse pêlo branco e olhos úmidos. E parisse os melhores cordeiros. E esperavam que a ovelha ficasse prenha e que não pudesse correr, não pudesse fugir. Quando faltava pouco para que o cordeirinho nascesse, abriam o ventre da ovelha com um facão e escreviam na pele dos cordeiros recém-nascidos. Faziam tudo isso só para poder escrever. Sobre a pele alva e pura como um pergaminho.

E assim escreveram, sobre a pele dos inocentes, a verdadeira história de Nauchipán.

Ele entra no meu carro. E a princípio não me dou conta de que é ele. A princípio me parece um rapaz qualquer. Ainda não sinto frio na barriga, meus dedos ainda não formigam, ainda é possível escapar. Continuar. Voltar atrás. À minha vida de antes.

Embora provavelmente eu seja capaz de qualquer coisa para não voltar. Por isso contemplo o sinal que ele tem sob os lábios, no ponto onde Marilyn Monroe tinha a pinta falsa. Nunca me detive para pensar que essa pinta era tão falsa quanto seus cabelos louros. Esse jovem também tem os cabelos louros e não sei se são falsos, mas assim parecem. O cabelo louro tingido em um homem sempre me pareceu suspeito. Como em Marilyn o falso não eram os cabelos louros, mas sim a pinta que não lhe fazia falta para ser bela. Suponho que era necessária para que uma mulher que não a conheceu dirija perguntando-se por que a pinta.

E por que esse rapaz. Eu o deixei entrar no meu carro e agora quero que saia. Ele não fala, só cantarola uma canção que me traz recordações.

E então, sem motivo ou talvez com a esperança de mudar o curso de minha história – a gasolina ainda não acabou – paro em uma loja de conveniência. Cavalheiro, ele se oferece para encher o tanque: é um posto de auto-serviço. Não existem frentistas para ajudar a abastecer os veículos. De máquina a máquina, diretamente e sem intermediários, passa o fluxo da vida. Vem de muito longe, de um deserto que outrora foi um jardim, mas cheira pior que os camelos. O rapaz pega o tubo com elegância e o desliza pela boca ávida do meu carro. Há algo de erótico nesse tubo contundente que invade a intimidade do veículo, que abre sua boca estreita como uma vagina. Estou delirando, mas o tubo me ouve. Se as asas de uma borboleta em Cingapura podem ocasionar um terremoto em nossas vidas, meu pensamento idiota enfurece a fera. O tubo escapa das mãos do meu homem, que parece ainda mais menino ao tentar dominá-lo, transforma-se em uma serpente, e depois em um cavalo. O tubo escapa, golpeia o chão e a cada pinote solta veneno pela boca. O carro, minha saia, o chão, as calças de vaqueiro do louro estão completamente manchados de gasolina. Meio tanque de ouro negro corre no chão e começa a refletir um arco-íris nas poças.

Com um lenço de papel, limpo o rosto dele, toco-o pela primeira vez através do papel, esfrego-o várias vezes, mas a gasolina se agarra ao sinal em seu queixo, que agora está negro como a pinta falsa de Marilyn.

Não posso deixá-lo ali, encharcado de petróleo. Eu também estou ensopada de gasolina. Ele aponta para mim a mangueira d´água. Rega-me abundantemente, para tirar de mim o cheiro, no calor do verão. A blusa gruda em meus seios, como se fosse o suor dele. Eu também o rego, e vejo que cresce o volume dos seus testículos. Estamos encharcados. Pela primeira vez, vemos nossos corpos molhados de água, de gasolina e de vergonha.

Pela primeira vez, nós nos vemos.

Primeiro foram as muralhas, na cidade antiga, a que existia antes de tudo.

Parávamos para beber nas fontes. Desde as escadarias infinitas, viam-se casas inacabadas. Ele me fotografava e eu lhe pegava a mão quando ele escorregava. Subíamos pela muralha, mais acima, cada vez mais alto, como crianças que acreditam que, ao subir, chega-se ao céu.

Desde as muralhas, a cidade parecia menor e mais brilhante, como se as remelas nos tivessem caído dos olhos, após uma boa noite de sono.

Eu dormia numa pensão perto da Plaza Mayor.

E ele dormia na sua tenda, depois do último posto de gasolina. Onde começa o campo.

Em Nauchipán existe uma chama que está sempre acesa. Há quinze mil anos. Desde que os habitantes precisaram se esconder. De nós.

E a chama tem um guardião. O cargo passa de pai para filho, e o guardião tem certa missão. Há quinze mil anos essa missão não pôde ainda ser cumprida pelo guardião: ele precisa apagar o fogo no dia em que nós, a nossa espécie, deixarmos de existir e eles possam voltar à luz.

E como saberão que já não existimos?

Ah, eles saberão, todos os animais da Terra saberão, pela maneira que os pássaros voarão, pela paz dos bosques, pelo silêncio.

Ao guardião do fogo também se denomina guardião do silêncio. Eu o teria chamado, simplesmente, de Aquele que espera.

A princípio eu dormia em motéis melancólicos, e ele só na sua tenda russa. Que era fria à noite, e, de manhã, insuportavelmente quente. Até as pedras que estão no centro da Terra se cravam na sua carne. Conversávamos. Eu oferecia para lhe pagar um quarto; ele, porém, não podia aceitar. Gostaria de compartilhar sua tenda, mas supunha que eu estivesse acima desse nível. Ou melhor, que eu fosse frágil demais para isso. Talvez a tenda é que fosse um lugar bom demais para mim. Por isso, dormíamos separados. Sabia que ele queria dormir comigo, e eu queria dormir com ele. Mas não era assim tão simples. Não era só chegar e dizer: venha para minha tenda. Ou: suba para meu quarto.

Porque nós dois sabíamos que qualquer palavra equivocada, qualquer gesto impreciso podia acabar com tudo. Acabar com uma coisa que ainda nem havia começado. Parece impossível. Mas não é. A maior parte das grandes histórias da Humanidade acabou antes de começar.

O primeiro dia foi o mais difícil. Nós dois achávamos que o primeiro dia seria o último. Isso acontece o tempo todo. Duas pessoas se encontram, duas pessoas que nada têm em comum. Uma mulher ainda bonita, mas a ponto de deixar de sê-lo. Um rapaz com a vida pela frente. Uma mulher cansada. Um homem cheio de vontade de que aconteçam todas as coisas, as boas e as más. Os dois se encontram e cada um intui alguma coisa da vida do outro. Vê a pontinha do iceberg da vida do outro e se dá conta de tudo que não sabe. De tudo que esqueceu. E depois, nada. Cada um segue seu caminho. Nessa noite, sem saber por quê, essa pessoa ocupa seus pensamentos durante três minutos, talvez mais, talvez menos. E de repente um dia, depois de muito tempo, quer falar a um amigo sobre a mulher da loja de conveniência. Mas o amigo não entende a graça da história. O que tinha de extraordinário. Nada. Por isso é tão importante. Tudo sempre pode acontecer, mas quase nunca acontece alguma coisa.

E isso teria sido tudo. Mas não é tudo. Sem motivo algum, vamos atrasando a partida. A separação. Não temos pressa. Eu vou vivendo do passado. Ele vai ao encontro do futuro. Em algum lugar do presente acontece um milagre.

Hoje esse milagre se chama preguiça. Separar-nos da preguiça. Parece-nos, sem que saibamos a razão, penoso, quase impossível. Separar-nos é inevitável, mas não há pressa.

E o primeiro dia se transforma sem querer no segundo dia. E o primeiro dia não é um dia qualquer. É o primeiro. O começo de alguma coisa. Nada mais. Nada menos.

A princípio me bastavam os dias. Não me importava que dormíssemos separados. Que ele não me tocasse. Eu não desejava nada. Tudo era perfeito. Via um raio de luz e dele desfrutava. Via ao longe uma vaca solitária, e nunca as vacas me pareceram tão bonitas. Eu não pensava no dia seguinte. Não pensava no sentido que tinha o que fazíamos. Mas, principalmente, eu não desejava nada. Quando a noite chegava e ele ia para sua tenda, eu dormia feliz no meu quarto de hotel. Eu me dizia às vezes: "Que amizade inocente!" Não sabia que uma serpente se enroscara dentro de mim. Tudo era assim. Tudo estava bem. Eu lhe dizia que podia dirigir meu carro. *Baby, you can drive my car.* E ele dirigia até os entardeceres proibidos. Procurávamos o horizonte, mas nunca chegávamos. Queríamos chegar a Lisboa, Roma, Nauchipán. Mas ele sempre descobria uma boa razão para ficarmos em uma cidadezinha qualquer. Nos vilarejos do interior, desertos no calor de agosto, alguns idosos jogam dominó protegidos por um grande ventilador. As pequenas pedras parecem espelhos. E o castelo. Sempre há um castelo. Freqüentemente abandonado, mas coberto de vegetação. Um labirinto verde. Diferente dos austeros Campos de Castilla, mas cheio de vida, também na morte.

Os cantos. Brincamos de esconde-esconde. Sempre nos encontramos nos castelos desertos. E ao virar uma esquina, sempre me surpreendiam seus lábios perfeitos, seu rosto quase perfeito, quase de menina, como o da filha que nunca tive. E então comecei a pensar nos beijos dele. E tudo deixou de ser perfeito. Chegou a noite e ele foi para sua tenda. Pela primeira vez, não consegui dormir. Comecei a pensar que nunca mais dormiria direto, se ele não estivesse ao meu lado.

Passava as noites imaginando o que fazer, para que ele as passasse comigo, e temendo que na manhã seguinte ele nem sequer viesse tomar café. Era melhor tê-lo perto de mim embora sem poder tocá-lo, que perdê-lo para sempre. Uma outra voz dentro de mim me dizia: não, é melhor que ele vá embora, você não pode continuar assim.

A partir de então, acabou a paz. E começaram as perguntas: Que acontecerá?

Será que ele sente o mesmo que eu? Por que continua comigo? Que está procurando?

E a pergunta mais importante: Que vai acontecer? Que vai ser de nós?

Os postos de gasolina. São o templo do andarilho. O refúgio desse caminho que não leva a Santiago, mas poderia levar a qualquer lugar. Os postos de gasolina. São nossa casa. Lá abastecemos nosso cavalo de ferro. Trancamos a porta e, enquanto as senhoras com seus filhos batem à porta, nós escovamos os dentes em banheiros excessivamente pequenos para que comportem nossos beijos.

No posto de gasolina encontramos comida. Água. Para beber e para nos lavarmos. Tudo de que necessitamos. Jornais, prendedores de cabelo e muitas coisas de que não precisamos, mas que nos fazem sentir importantes, poderosos, parte da comunidade grande e feliz das pessoas que compram coisas.

Nas lojas de conveniência encontramos homens que estão acordados quando os outros dormem. Que trabalham quando todos estão de férias. Homens como nós. Nós corremos e o mundo passa ao nosso lado. Eles estão quietos e vêem como o mundo corre. A cento e oitenta quilômetros por hora, e ainda quer ir mais depressa.

Todos os postos de gasolina se parecem. E por isso é como voltar à mesma casa, toda noite, toda manhã. É sempre o mesmo café nojento no mesmo copo plástico. O mesmo uniforme em rostos parecidos, quase sempre amáveis. São os que estão e vêem os que passam. Talvez gostassem de se ir com eles. Talvez pensem "é um saco trabalhar neste calor insuportável de agosto." A poeira faz com que o horizonte pareça mais perto, mas o frentista sabe que o horizonte está longe e que ninguém chega lá. Nunca.

No caminho, dormimos num campo cheio de grandes montes de vegetação rasteira, enroscados como serpentes gigantescas. Fixamos a tenda junto a um dos montes, para que nos proteja do vento, mas sabemos que esse mesmo vento pode atirá-lo sobre nossa pequena tenda. Não sabemos se o monte de feno fará um grande estrago, se pode destroçar-nos ou se apenas nos faria rir e nos encheria de pontas que picam. Nem sequer podemos dormir. Esperamos. Vamos ver quem é mais forte. A palha que pesa ou o vento que não cede.

Ele me pediu que dormisse com ele. Disse-me que se o vento o levasse, se ele não estivesse lá de manhã, eu ficaria triste.

Como é egoísta! Você deveria enfrentar o perigo para proteger as damas.

É verdade que sou o último cavaleiro andante, mas não a esse ponto... Durma comigo.

Foi nessa noite que começamos a nos beijar.

O monte não desmoronou, e por isso não soubemos o que ocorre quando se é achatado por uma pilha de feno. Talvez tenha sido melhor, porque as coisas que não pesam sempre fazem a balança se inclinar.

O primeiro beijo. Tem gosto de café, vinho, pasta dental ou fumo. Tudo deveria estar contido nele. Tudo *está* nele. Com o primeiro beijo, sabe-se tudo. Se você vai amá-lo. Se ele vai amar você. Como fará amor e como não fará. Tudo está na linguagem dos primeiros beijos. Se ele vai maltratar você, como acabará tudo... Todo o abismo entre as almas está ali, na infinita distância entre duas línguas, no precipício entre as bocas. Se pode ser ou se não será. A história está escrita em nossos lábios. Ela nos emociona tanto, que nos esquecemos de lê-la.

Depois dos beijos de ontem à noite, o peso da palha inclina a balança. A espera terminou. É desnecessário dizer que, nessa manhã mesmo, paro no primeiro motel da estrada (com piscina, cerca verde, sem categoria e sem história) e peço um quarto duplo com cama de casal. Ele me segue pela escada estreita. Não pegamos o elevador. Arranhamos os cotovelos na parede cheia de arestas da escada, uma parede em carne viva como eu.

Estendida na cama, olho suas costas nuas enquanto ele se barbeia e nelas vejo todos os continentes; o mundo está reduzido a umas costas não excessivamente musculosas, costas de um rapaz que poderia ser meu filho.

Mas não é.

Abro os olhos e a primeira coisa que sinto é medo. A princípio, não sei por que tenho essa sensação. Acho que ainda é o medo de morrer, que no hospital se enganaram, que meus dias estão outra vez contados, como se não o tivessem estado sempre. Então o vejo adormecido junto de mim, com uma das mãos no meu seio. E me lembro do dia e da noite anterior. O quarto está quase às escuras. Pelas persianas fechadas se filtra um raio de sol que corta como uma faca o ar excessivamente ácido; nossas roupas estão jogadas no chão. A cueca está sobre minha calcinha, da mesma forma que ele está sobre mim, porém de maneira mais natural, como se esse fosse seu lugar no mundo. O quarto cheira de modo estranho, e percebo que se trata do meu cheiro e do cheiro dele, juntos, montados um em cima do outro. Um centauro de odores da carne. O cheiro de nossos sexos que se fundiram e criaram esse novo cheiro; não saberia dizer se é agradável, ninguém saberia dizê-lo, mas ninguém pode ficar alheio a esse odor, o mundo inteiro, a manhã, a nesga de luz que entra pela janela, tudo é diferente desde que esse cheiro está no mundo. *Eu* estou diferente. Sou outra pessoa e sinto medo.

Medo de que ele abra os olhos e saia do quarto e da minha vida e me deixe com esse cheiro novo sozinha num mundo novo, como a Eva triste de uma nova criação.

De repente, tudo se acabou. Você sabia que tinha de terminar assim, mas, ao mesmo tempo, não sabia.

O homem mais moço lhe sorri ao abrir os olhos, encobertos pelas dobras dos lençóis.

Rapidamente ele se levanta, veste as calças de vaqueiro e, com elas meio desabotoadas, calça as botas. Você sabe que, à porta do quarto, ele vestirá a camiseta com os dizeres *ON THE ROAD* e sairá da sua vida para sempre.

Pode haver um beijo na boca, pode ser que ele lhe beije os lábios, ou talvez lhe dê dois sonoros beijos no rosto, como se faz com uma amiga, depois de um dia longo, e uma noite árdua. Pode ser também que ele se vá e pisque um olho para você, quando estiver para sair do quarto.

Em todo o caso, você sabia que seria uma noite, talvez duas, no máximo três, mas que se acabaria, que ele iria embora, que você também iria, que o caminho é a única coisa que não muda, porque é sempre grande e plano e infinito, porque acaba dando a volta à terra e trazendo você de volta aqui, com os olhos fechados, espiando os olhos dele fechados, esperando que os abra totalmente, que se dê conta de quem você é e de onde está, esperando que haja um final diferente. Mas ele finalmente abre os olhos e veste as calças de vaqueiro sem abotoá-las de todo, depois calça as botas e em seguida põe a camiseta, que não diz *ON THE ROAD*, mas é como se dissesse, e tudo é exatamente como você viu sem abrir os olhos. Então, à porta, ele não pisca o olho para você, nem lhe dá um nem dois beijos, mas tira uma caderneta do bolso. Me dá teu endereço, diz, vou te visitar. Quero também teu *e-mail*, um dia desses te escrevo.

E você remexe a bolsa, desesperada, procurando uma esferográfica, mas não encontra, e ele sai pela porta. O adeus é definitivo, não há volta atrás, não há um possível arrependimento, não há outro final diferente do que sempre nos contaram: todas as vidas terminam com a morte.

Você murmura: Bem, não a minha.

A minha recomeçou.

Não tenho esferográfica, não dou meu endereço; se você quiser voltar a me ver, vai ter de vir comigo.

Agora.

Antes, tantas vezes dei meu endereço e meu telefone, tantas vezes esperei uma chamada, sentada diante do telefone que não tocava! Mas agora não faço mais isso. Você teve uma oportunidade, você me encontrou, você me conheceu, agora pode vir comigo ou sair por essa porta e não me ver nunca mais.

E ele sai pela porta, e você se lembra quando lhe disseram que não, não havia erro algum, era você mesma que ia morrer. Entretanto, você está aqui, não morreu, ao menos temporariamente, e ele ainda está esperando o elevador no patamar.

Você ouve o barulho seco da porta do elevador que se fecha, e fica triste por ele se ter ido assim, sem ao menos lhe dar um beijo.

Lentamente, você pega suas coisas, suas poucas coisas, a calcinha e a esperança – que havia deixado jogadas no chão – e desce pela escada até o estacionamento. E aí você o vê.

Ele amarrou a mochila no bagageiro que fica em cima do carro.

Ele me disse o seguinte, nessa manhã mesmo.

Eu tenho um segredo e você tem um carro.

O segredo não está entre as pernas, está no bolso de trás das calças.

É um mapa. Que nos levará a Nauchipán.

Não sei dizer agora o que é nem onde fica esse lugar.

Eu teria ido aonde quer que fosse para ficar um pouco mais com ele, para que ele se acostumasse comigo, para que depurasse nosso tempo, aumentasse-o, e ele precisava de alguém que o levasse a Nauchipán. Procurava alguém que ficasse doida por ele. Mas eu estou aqui para que ele fique sensível a mim.

Não sabemos quando começou esta viagem. Às vezes, pensamos que a viagem começou quando nascemos.

Esquecemos de quanto tempo, quantos postos de gasolina, quantos litros de gasolina, quantos litros d'água, quanto suor, quantas lágrimas e quantos beijos nos custaram chegar até aqui. À noite, dormimos na velha tenda russa que ele trouxe. Outras vezes, dormimos em pequenos hotéis na saída de cidadezinhas sem nome. De manhã, nos lavamos no banheiro de uma loja de conveniência. Para nós, as lojas de conveniência são o que mais se assemelha a um lar. Quando podemos, tomamos um banho nos chuveiros que os caminhoneiros usam. Mas é melhor quando simplesmente encontramos um rio, um açude ou um lago. E nadamos nus, para nos livrar da sujeira do dia. Sabemos que anos mais tarde nos recordaremos dessa viagem. Mas a cada dia, esquecemos o dia anterior.

Há vendedores de frutas à beira da estrada. Vendem melões e morangos. Ameixas e marmelos. Paramos muitas vezes para comprar essas frutas. Um dia compramos abacaxi, e o suco caía por nossas blusas entreabertas, como se fosse a língua do ar. A viagem é como um abacaxi, e nós a comemos a dentadas. O ar muda todo o dia. Hoje, tem sabor de chuva.

A viagem continua.

Ele dormiu abraçado aos meus quadris. Com a cabeça apoiada no meu sexo. Seus cabelos se emaranham com os pêlos do meu monte de Vênus. Um galho golpeia a janela; venta lá fora. A noite inteira ele golpeou minh'alma, mais fortemente que o galho, mais fortemente que o vento. Entrava e saía de mim, e a cada vez eu me sentia mais perto do centro da Terra. Havia um buraco no fundo da minha cama que chegava ao centro da Terra, à lava, aos vulcões. Cada vez que ele se aproximava de mim, eu sentia que o buraco me sugava para os tempos de antigamente. Conseguia tocar o cheiro de terra úmida no meu sexo, porque eu me transformava em terra e ele era o mineiro que abria túneis em minhas entranhas. Túneis que permitiam a nós dois ver o esplendor vermelho. No próprio centro da Terra.

Eu o contemplo dormir. O sol cai sobre suas pálpebras fechadas, que se tornam mais louras, quase transparentes. Eu seria capaz de chorar de amor ao vê-lo dormir assim.

Choro de amor. As lágrimas escorrem até meus lábios e eu as acaricio com a língua.

Têm um sabor esplêndido e antigo.

Choro por este sentimento inexplicável, por esta manhã de sol e porque estou apaixonada por um homem vinte anos mais jovem que eu.

As lágrimas escondem o sentimento que meu peito abriga. Nunca vi nada tão lindo.

Por quanto tempo? Isso é o que me perguntam as lágrimas, e se tornam ainda mais saborosas e salgadas. E mais escassas.

Está amanhecendo lentamente e choro pelo novo prazer que encontrei no posto de gasolina mais inesperado da minha vida.

Até então não havia pensado na idade. A idade não existe para os ressuscitados como eu.

Com o sexo, chegou o medo. Comecei a temer o momento em que ele me perguntaria minha idade. Eu sabia a dele, havia sido a primeira coisa que me dissera ao entrar no carro, quando todas as perguntas estavam permitidas, como ocorre com aqueles que vão separar-se para sempre.

Eu soube desde o início que ele tinha menos vinte anos que eu, mas isso me parecera um detalhe sem importância, como seu nome ou o número de seus sapatos. Eu o teria amado da mesma forma, com outro nome, outra idade, outros pés.

Ele não sabia minha idade, não a havia perguntado. Comecei a esconder minha identidade ao pagar a gasolina. Enfiei minha carteira de motorista no fundo do porta-luvas, temendo que qualquer descuido revelasse minha idade às claras, como os cadáveres que se soltam do chumbo que os atirou no fundo de um lago e aparecem quando menos se espera, para interromper o alegre churrasco dos assassinos. Assim, eu tinha medo de que minha idade se apresentasse reluzente no pior momento, naquele no qual o peso da palha, e muito mais o peso dos vinte anos que vivi antes dele, inclinassem a balança, uma balança que talvez houvesse nascido inclinada contra mim.

Quero dizer-lhe que o quero, mas não digo. Não digo nada, e ele continua dirigindo. Hoje existem apenas caminhões na estrada. Estamos sozinhos no nosso carrinho, com caminhões à frente e atrás e de todos os lados. Indo mais depressa do que nós, ultrapassando-nos, fazendo-nos sentir pequenos. No mundo, só há caminhões e um pequeno carro verde, e talvez Deus no céu.

Gostaria muito de dizer-lhe te quero. Palavra estranha. O espanhol usa a mesma palavra para dizer quero uma torta e quero o Pepe, para dizer te quero. Como se fosse questão de vontade, uma decisão, alguma coisa que se escolhe como uma sobremesa. Algo que se sabe quando se sabe o que quer. Não empregamos a palavra *amar*, que não fala de vontade e, sim, de sentimento. Em castelhano, a palavra *amar* está tão acima de nós como um pássaro, e quando as pessoas deixam que os pássaros voem sobre elas muito tempo, podem receber seus excrementos no cabelo. Por isso, poucas vezes falamos de amar. É uma tradução de uma língua de outros povos, que não acreditam na vontade. Nosso idioma acredita na vontade. Nosso idioma é arrogante. Em espanhol, os meninos recebem o nome de Jesus, o nome de Deus, porque queremos e porque não somos menos do que Ele. Falamos um idioma no qual se *querem* as pessoas e as batatas fritas. Um idioma no qual se escolhe e se possui o ser amado. Um idioma irremediavelmente otimista.

Eu ainda não sou tão otimista a ponto de me atrever a dizer a ele que o *quero*.

Toda a minha vida os números haviam sido meus amigos, a única coisa em que podia confiar quando tudo falhava: o número da conta-corrente, o do cartão Visa, o número do telefone de minha casa, mas subitamente, um dia no hospital, eles começaram a me ser hostis. O número de dias, de horas, de minutos que me restavam para viver, o número de leucócitos no meu sangue: essa era a verdadeira cara dos números. Os números haviam sido lobos em pele de cordeiro, e eu agora os via como realmente eram: meus inimigos.

Quando ele tiver sessenta e dois anos, eu terei oitenta e dois. Quando ele tiver oitenta e dois anos, provavelmente já não estarei aqui para vê-lo. Mas sei que isso não é verdade, isso são apenas números. Já lutei uma vez contra os números e venci. Não foi bem uma vitória, e sim uma trégua, porque contra os números não há vitórias, só adiamentos.

Os olhos dele no espelho retrovisor. Meus olhos no espelho retrovisor. A mão dele no volante. Minha mão no volante. A mão dele na caixa de marchas. Minha mão no cinzeiro. O dedo dele. O meu dedo. A espessura da cinza sobre minha pele. O calor do assento entre meus músculos. A cinza nos meus músculos. Nós nos olhamos pelo espelho retrovisor.

E sinto que, na realidade do vidro, nossos olhares estão mais juntos do que nunca poderão juntar-se nossos olhos.

Às vezes acho que este carro é um país. Um país diminuto, com suas próprias leis. É estreito e incômodo. Às vezes. Mas ele nos deixa a salvo da lama, da chuva, das pessoas. No carro, podemos ser mãe e filho, ou marido e mulher ou amantes. Parece impossível viver tanto tempo num espaço tão pequeno. Separados apenas pela caixa de marchas e alguns centímetros de ar. Juntos. Muito juntos. Unidos no mesmo destino, na mesma estrada, na mesma curva. O carro nos aprisiona. O carro nos liberta. Nosso amor é tão grande que cabe em dois metros quadrados, tão grande que não poderia caber em outro lugar. Se o carro se despedaçasse, nós nos despedaçaríamos juntos. Estamos no mesmo automóvel, e vamos ao mesmo lugar.

Às vezes, porém, é horrível acordar e estar com o volante travado. Acordar e ter migalhas de pão no colo, e todo o carro fedendo a vinho ordinário porque a sacola do supermercado arrebentou. Este carro é minha alma e minha morte e também meu corpo, que deixa um rastro de perfume nos assentos, um rastro que ele às vezes lambe.

A língua dele me transformou na lâmpada de Aladim. Ele está de joelhos à minha frente e sinto que poderia conceder-lhe qualquer desejo. Ele é o gênio, e me concedeu meus desejos. Todos. Menos um.

Sou a lâmpada de Aladim, e quanto mais ele me esfrega, mais lhe pertenço. Ele derreteu meu sentido de dever, meu sentido de ser. Sou apenas uma mulher à beira de mim mesma. Com os lábios abertos, os olhos abertos, a noite impenetrável.

No dia em que nos casamos, meu marido comprou uma garrafa do vinho mais caro que pôde encontrar, um *gran reserva* que só podia melhorar com o passar dos anos, como nosso amor. Ele me explicou que nós o beberíamos em uma grande ocasião de nossas vidas ou de nossa família: um aniversário, a chegada de um filho, uma noite especial em que nos sentíssemos bem. Todo ano adiávamos a abertura do vinho, à procura desse grande momento que haveria de chegar e que tornaria possível, e até necessário, beber o vinho de nosso casamento. Houve dias, tardes e madrugadas em que se chegou a falar de abrir o vinho, mas sempre parecia melhor esperar, não desperdiçá-lo, certos de que haveria outros momentos melhores, outros dias em que o desfrutaríamos mais. Com o passar dos anos, algumas vezes eu abria o armário embutido onde estava o vinho e me detinha a contemplar a garrafa que envelhecia mais lentamente do que eu, perguntando-me se chegaria a bebê-la algum dia, e que sabor teria para mim. Uma vez que a tivéssemos aberto, a espera teria terminado, e quase certamente descobriríamos que não havia valido a pena. Pode haver algum sabor que compense vinte anos de espera? Uma vez aberta, já não esperaríamos por momento melhor. Teríamos aceitado que o melhor de nossa vida em comum havia passado e não restava o que esperar.

Quando voltei do hospital pela primeira vez, estive a ponto de abrir a garrafa, mas ainda não a tinha aberto quando saí de casa. Em vinte anos de casamento nunca havíamos encontrado uma ocasião suficientemente feliz para tomar o vinho, e provavelmente nunca a encontraríamos.

E agora, em uma taberna qualquer, peço uma garrafa desse mesmo vinho, dessa mesma colheita, desse mesmo ano, e descubro que era possível encontrá-la, que não era tão especial nem tão cara quanto havíamos acreditado.

Eu a comprei e a bebemos ali mesmo, sobre o capô do carro. Quase de um só gole. E as blusas brancas e os lábios ficaram marcados com a cicatriz roxa do vinho.

Nunca soube usar um saca-rolhas. Meu pai, meu irmão, meu noivo e depois meu marido abriram todas as garrafas de vinho na minha vida. Eles desarrolharam todos os bons momentos porque eu jamais aprendi a desarrolhá-los sozinha.

Meu marido dizia que me faltava habilidade, e meu pai, que me faltava força. Eu nunca soube qual deles tinha razão.

No dia em que fui embora de casa, tive a idéia de abrir uma garrafa de vinho e bebê-la inteira. Desarrolhá-la sozinha e bebê-la sozinha.

Mas fiquei com a triste espiral de ferro cravada na rolha meio quebrada, como uma lança que não tivesse acabado de atravessar o coração do vinho.

Suponho que não consiga mesmo beber sozinha, e por isso não é tão grave que eu precise de um homem cada vez que quero abrir uma garrafa.

Mas ele se empenhou em me ensinar a usar o saca-rolhas. O saca-rolhas é o segredo da vida. Ele se parece com as espirais do DNA, é o lugar onde começa tudo, as festas, os amigos. Não são necessárias nem habilidade nem força: basta uma pancada seca no ponto exato. E um empurrão, nem brusco nem suave, igual ao que se daria numa mulher. Meu pai me ensinou a dirigir dizendo-me que fingia que o acelerador era uma mulher.

Você deve acariciá-lo como se fossem os músculos de uma fêmea, me disse ele, e desde então, quando uma coisa me parece difícil ou não sei como descobrir seu segredo, imagino que se trata de uma mulher e a trato como trataria uma mulher. Nem muito nem pouco, nem de modo forte nem frouxo, mas suave e habilidosamente. No ponto exato onde estão todas as coisas que queríamos. Mas isso não vale para todas as coisas, eu lhe dissera. Claro que não, mas ainda não encontrei uma coisa para que não sirva, garantiu meu pai, e, desde então, cada vez que desarrolho uma garrafa ou dirijo um carro, sinto-me meio lésbica.

Viajamos em direção a um norte provável. Dirigimos quase todo o dia. Às vezes vemos um açude, um lago ou um canal e paramos para nadar e tirar uma sesta. À noite, dormimos na tenda russa do meu amor. E de manhã continuamos nosso caminho. Adiante, sempre adiante. Até o princípio do mundo, que é o lugar onde acaba.

Neste carro o telefone não toca. Esse rapaz não tem celular, e o meu está desligado. Este carro é uma zona livre. Não esperamos chamada alguma. Entretanto, toda a minha vida estive sempre dependurada num telefone.

Foi por telefone que tomei conhecimento de que meu marido me era infiel. Por um telefone celular.

Ele sempre detestara os celulares, mas sempre tivera um. Lembro-me de seu primeiro celular. Parecia um transistor. Era tão pesado como nosso casamento.

Um dia cheguei em casa e vi que havia uma longa mensagem na secretária eletrônica do meu próprio celular. Logo reconheci a voz do meu marido, embora soasse estranha como se ele fosse diferente. Ouviam-se passos no chão, e a voz dele falando a certa distância. Percebi que no bolso dele havia disparado a tecla de seu último telefonema, o que ele me deu de manhã para me dizer que teria uma reunião e não poderia vir jantar. A princípio me diverti, pensava em jogar-lhe isso na cara, porque ele sempre dizia que eu gastava demais com telefone. Eu agora faria com que visse de que maneira tola *ele* gastava dinheiro com o telefone. Logo distingui uma voz feminina. Eu a conhecia bem: era a voz da secretária dele, uma moça anódina com quem eu havia trocado duas ou três palavras. Nesse ponto, ouvi uma terceira voz: a da recepcionista do hotel, dandolhes a chave do quarto. Eu não tinha nada que escutar mais; a essa altura, deveria ter apagado a mensagem. Mas era mais forte do que eu. Escutei muitos ruídos vagos, uma torneira, uma porta, umas pisadas e, finalmente, a voz do meu marido pronunciando o nome dela, um nome de que eu na ocasião não me lembrava, mas que já não esqueceria. Depois, os grunhidos, ruídos que são iguais até no fim do mundo, ruídos que até as mulheres de Nauchipán devem fazer quando têm um homem em cima do seu corpo. Depois, os ruídos da rua, e em seguida o zumbido idiota do celular, que continua gravando, e lotou a memória da minha secretária eletrônica. Durante dias não pude receber outras ligações, mas eu não apagava aquela. Eu a escutava repetidas vezes, e cada vez que a ouvia, absorvia um novo significado. Todas as noites estive a ponto de lhe falar da mensagem, de fazer com que ele a escutasse, mas todas as noites eu apagava a luz e rolava na cama, sem lhe dizer nada. Certo domingo, falamos dos casais que se divorciavam. Ele disse que o divórcio não era o fim de nada. E nessa mesma tarde, quando fiquei só e tive certeza de que ele tinha ido ver a amante, apaguei a mensagem. Apaguei a prova que teria feito com que qualquer juiz me concedesse todos os bens materiais.

Tudo que restava.

E depois os ratos comeram meus olhos azuis.

A partir desse dia, nada foi igual.

Comprei umas lentes coloridas. Achava que a amante de meu marido tinha os olhos esverdeados; eu sempre quis ter olhos azuis. Azuis como meu casaco. Agora eu os havia comprado e eram meus. Eu havia pago cada euro azulado. Podia tirá-los e colocá-los. Como o casaco. Às vezes tinha tanto sono que não tampava direito a caixa de lentes, e às vezes dormia no nosso escritório em casa, esperando acordada meu marido, e deixava as lentes no copo de uísque, com um pouco de líquido desinfetante. Certa manhã, quando fui pegá-las, haviam desaparecido. Encontrei apenas um fragmento azul, com a marca de dentes. E só quando vi o buraco na pia, o buraco que meu marido mandara fazer para consertar um vazamento inexistente, comecei a desconfiar. Não sei como pude desconfiar de uma coisa tão horrível, nem sei como tive razão. Pus, numa xícara de porcelana branca, veneno misturado com o líquido para limpar as lentes, e esperei que o cheiro de cadáver ficasse insuportável. Pedi à faxineira que recolhesse o rato morto e o atirasse no lixo. E depois lhe perguntei como foi. Ela, porém, não quis me contar.

Eu não deveria ter sido tão covarde, deveria ter visto os olhos do rato que comeu os meus.

Quando estamos casadas, ninguém nos dá beijos tipo chupões. Eu tinha ficado casada muito tempo, por isso, quando vi a mancha vermelha no meu pescoço, pensei que um inseto me havia picado durante a noite. Era uma circunferência perfeita, como o signo dos escolhidos ou dos condenados de alguma seita.

Exibi-a pensando nas moscas que de dia se introduziam às vezes no carro, como sempre se introduz a dúvida no amor, e esvoaçavam perigosamente ao redor dos meus olhos, até que a estrada desaparecia de minha vista. Tenho certeza de que uma mosca, uma coisa tão pequena quanto uma mosca, um dia causará o fim do mundo.

Em nossas insignificantes vidas, esse inseto pode causar um acidente, o fim do nosso amor, do nosso mundo.

Mas ele ri e diz, é a minha marca, a marca da minha seita, ela une você a mim para sempre ou, pelo menos, até que ela desapareça.

Então compreendi por que o frentista nos havia olhado daquela forma, por que olhara fixamente para meu pescoço e passara a língua pelas comissuras dos lábios.

Eu estava marcada. Já não era uma mulher casada. Já não era respeitável, pertencia à seita dos que desfrutam loucamente a noite.

Eles olham mal-encarados para você porque queriam que lhes acontecesse o mesmo, diz meu homenzinho de língua travessa. Porque queriam ser você.

Casada com um homem cuja amante é vinte anos mais nova que ele, amante de um homem vinte anos mais jovem que eu, acabo de fazer minha entrada trêmula na seita do chupão.

Minha velhinha, ele me chama de minha velhinha e me beija o pescoço. Suas mamas não estão nada mal, minha velhinha, ainda são lindas. Gosto delas. E também gosto muito de você. Gosto de estar com você e me meter entre suas pernas. Gosto de você. Você não deve preocupar-se tanto, minha velhinha, sua carteira de identidade é só um papel, nada devia te preocupar tanto.

Antes, porém, eu tremi, tremi quando, na recepção do hotel, ele tirou a carteira de identidade da minha mão. Sei que viu a data, uma data que ele nem pode imaginar porque ainda não havia nascido. Saber que as coisas aconteciam antes de nós faz supor também que acontecerão depois de nós, ou sem nós, de qualquer forma. Ele fica em silêncio, mas não ri, nem me beija.

Só depois, muito depois, na escuridão do quarto, começa a me chamar de minha velhinha. Admito que foi um duro golpe, minha velhinha, não esperava isso, não esperava que fosse gostar tanto de você, mas se suas mamas me agradam, não importa a idade que tenham, ninguém pergunta a idade às montanhas, só pergunta se são bonitas ou não.

Fecho os olhos, e finjo que acredito. Mas continuo tremendo enquanto ele me beija.

Antes de dormirmos, decidimos ir em direção ao mar, como se lá estivesse Nauchipán, como se lá alguém nos esperasse.

Antes de dormir, as vozes na escuridão soam diferentes, como se fossem as vozes de outras pessoas. E é gostoso escutá-las como se fossem outras pessoas que falassem. Como se fossem outras pessoas que dissessem a verdade.

E você, o que sente ao olhar o mar?

Que eu não gosto de perguntas.

Não, sinceramente, tenho vontade de entrar nele e acho que faz tanto tempo que não o via, que talvez não o tenha visto nunca. Já vi outros mares, mas não como esse.

Você acredita que o que uma pessoa sente ao ver o mar é o que sente sobre o amor? Mas não um mar verdadeiro, mas o mar que você imagina ao fechar os olhos.

Ele muda, depende do dia.

Como o amor.

E você não sabe descrevê-lo totalmente, embora pareça que já o descreveu mil vezes.

Como o amor.

Mas eu, digo, não sei se quero tomar banho, eu olho o mar, acho que é maravilhoso e me dá vontade de entrar nele, mas aí lembro que estou seca, que me sinto bem e não tenho areia no corpo, e que, se tomar banho, vou ficar úmida e besuntada. Mas estou com muito calor e sei que o mar poderia aliviá-lo. Não sei se o mar vai me cair bem ou não, mas não posso deixar de contemplá-lo.

Eu achava que não poderia viver sem o mar, que não poderia viver sem amor. Passei vinte anos morando longe do mar. Dezoito, em um casamento feliz.

Meu marido tinha razão. Se eu fosse uma mulher mais previdente, teria enchido o tanque ao sair de Madri, e então não precisaria ter parado naquele posto de gasolina. Ou se eu não tivesse tantas minhocas na cabeça. Ou se eu fosse mais prudente e não convidasse desconhecidos para entrar no meu carro. Aí, eu não teria conhecido você. Minha vida seria fácil.

De repente, penso em como teria sido fácil jamais ter encontrado você. Em como é fácil estar morta a vida inteira.

Dizem que as mulheres dirigem pior que os homens. E é verdade. Dirigem o menor carro, o carro mais velho, o carro que seu marido já não quer. Dirigem pior.

Este carro era do meu marido, e ficou para mim quando ele comprou um novo. Este veículo esquenta demais, não se firma bem nas curvas e o rádio já não funciona.

Hoje não existe rádio. Porém, existe música, porque ele começa a cantar para mim. Em seguida cantamos juntos, atravessamos pontes sobre estradas enormes e aquedutos sobre prados verdes e continuamos cantando. Não importa que esqueçamos a letra, não importa que não tenhamos voz, o caminho é uma só canção. A nossa.

Uma canção que fala de um lugar chamado Nauchipán.

Ele me diz que a pele dos cordeiros recém-nascidos se chama vitela. O monge que torturou os poucos que escaparam escreveu nela o lugar onde estava Nauchipán. Trezentos anos depois alguém a usou como contraforte na encadernação de um livro. Esse livro passa muito tempo sem ver luz. Muito tempo esperando-nos. A você e a mim.

Ele freia bruscamente. O carro pára, com um chiado. Com um golpe, o cinto de segurança me atinge o peito, e o queixo pára a centímetros do vidro da janela. Nesses momentos, odeio esse sujeito. Com um pulo, está ao lado da minha porta, que ele abre, e me atira para fora. De um só golpe, ele me jogou no canal entre as laranjeiras. Bato os pés, indignada, com os olhos cheios d'água. E aí ele se atira no canal atrás de mim. Eu o xingo e mordo. E ele põe as mãos enormes na minha blusa molhada e toca nos meus mamilos. Você agora vai sentir menos calor, diz ele. Minto e lhe digo que é verdade, mas estou com muito mais calor e mergulho na água fria, lavo os cabelos, e tiro as calças dele debaixo d'água.

Ele me diz que é assim que se banham os habitantes de Nauchipán.

E a partir de então dirigimos procurando fontes, açudes, canais, rios, lagos e em quase todos eles esfriamos nosso amor e o calor do verão.

É verdade que a princípio eu não acreditava em nada que ele falava sobre Nauchipán, mas me lembrava de que tampouco havia acreditado na minha vida quando pensava que era para sempre, nem na minha morte quando era agora mesmo. Eu só acreditava no cheiro acre do suor dele, que enchia o carro.

Não creio em nem uma palavra sobre Nauchipán. Nem sequer me importa que ele creia ou não. Porque a única coisa que peço é tempo. Dias para estarmos juntos, horas para aproximar nossos joelhos na estrada. Minutos para embaçar o pára-brisa com nossas respirações. Porque há muito aprendi que a riqueza não se mede em euros e, sim, em segundos.

Era uma quarta-feira quando me disseram que eu ia viver.

Estava sentada na frente de uma radiografia, e não sabia se me parecia um quadro abstrato ou uma mancha de merda. Foi o médico que explicou, e ele sorria. Acabava de me dizer que fora tudo um engano. Eu, evidentemente, não acreditei.

Escute, me disse ele, na vida todos temos de comer um monte de merda, é nossa parte do bolo. No meu modo de ver, com essa história você já a comeu quase toda, e a partir de hoje só lhe podem ocorrer coisas boas.

Agora, eu não sei se a pele dele é a primeira coisa boa que me aconteceu, ou se é apenas mais uma fatia amarga do bolo da vida.

Dizem que não pode acontecer, mas acontece. Não em um dia, nem em outro, mas acabam (a enfermeira está com tanta dor de cabeça, que não consegue pensar) pondo a etiqueta do seu sangue em outro sangue, põem o rótulo de sua morte em outra vida. Dizem-lhe então que você vai morrer. Mas a etiqueta está posta no exame de sangue de outra pessoa, da que vai realmente morrer.

Como acreditar neles agora? Talvez seja mesmo eu que vai morrer, a etiqueta não está certa desde o princípio, ou talvez me tenham enganado; disseram-me outra coisa só para alegrar meus últimos dias.

Minha etiqueta é que estava errada. Outra pessoa vai viver, eu é que vou morrer.

No final das contas, tudo se trata de colocação de etiquetas, assunto material e mecânico.

Uma tirinha de papel: uma vida. Uma vida por outra.

Quem põe as etiquetas nas provetas de sangue que são nossos corpos? Existe um deus que etiqueta às noites num laboratório celeste? Será que ele às vezes tem dor de cabeça? Engana-se de rótulo no tubo de ensaio? De nome nos exames de *scanner*? Ou será que há muito tempo se engana, e estou apenas delirando, pensando que sou mas, na verdade, não sou.

Sou apenas um tubinho de ensaio esperando ser etiquetado. Uma etiqueta no dedão do pé. Como uma proveta. Como um cadáver.

O pior é quando te despem.

Eu era das poucas pacientes que podiam andar. Estava muito bem, por isso eu mesma me despi, tirei a saia e a blusa, até ficar só com a roupa de baixo. Então me mandaram tirar a calcinha e o sutiã. Iam metendo tudo num enorme saco preto de plástico. Um saco de lixo. Achei já estar nua, mas insistiram. Faltavam o cordão, os brincos, o anel. Gostaria de ter ficado com alguma coisa, de lhes esconder algo. Mas não, precisava ficar ainda mais despida.

Enfiaram tudo no saco plástico e o amarraram à maca. Depois devolvemos tudo, ouvi e pensei que também despem quem entra na prisão, também despem quem vai para o necrotério. Vens nu ao mundo, e se dele não partes nu, partes com pouca roupa. Não restava muito de mim quando me deitaram na maca. Que rangia ao avançar pelo piso, e tropeçava nos cantos. Via as luzes de néon no teto e o que mais raiva me dava era pensar que algo tão sem graça pudesse ser a última coisa que eu visse neste mundo. Eu sentia muito frio. Estava nua, e o lençol branco que me cobria até o queixo não me aquecia. Era uma membrana viscosa. Não me fazia sentir-me menos despida nem com menos frio.

Não quis informar a ninguém sobre o exame; era uma cirurgia tão banal, que se tudo corresse bem, ficaria apenas uma noite internada. Nem sequer desejava o lamento do meu marido. Embora houvesse insistido para que ele não fosse ao hospital, naquele momento desejei com todas as forças que ele estivesse comigo. Mas não estava.

Eu nunca despertara de uma anestesia. Era como escalar um poço de paredes muito lisas, e de vez em quando eu escorregava e caía. Pretendia chegar até o topo, percebia as luzes e os ruídos, mas caía de novo.

Quando abri os olhos, o enfermeiro estava lá, e me chamou pelo nome. Quem lhe dissera meu nome? Nunca o vira na vida. Um rosto desconhecido me dava as boas-vindas ao mundo. Perguntei-lhe se eu ia morrer, mas ele fingiu não me entender.

Voltei a desejar que meu marido tivesse vindo. Mas era tarde demais. Sabia que não podia censurá-lo, que eu mesma lhe havia pedido, mas pensei: se ele me amasse não teria obedecido, mas em seguida já não pensei mais nada.

Acordei no meio da tarde. Meu quarto era pequeno, pintado de um tom branco sujo. Eu estava só. Cheirava a lixívia. Surpreendeu-me estar com o olfato tão aguçado, quando tudo o mais estava adormecido.

Sentia as pernas enormes, não conseguia mexê-las, eram como as patas de um elefante. Todo o meu corpo parecia monstruoso. A sensação era a de um animal morto. Minha pele já não era minha. Toquei nos lençóis, que pareciam um rio. Meus olhos arderam de vergonha. Queria chorar, mas não sabia se tinha lágrimas. Eu havia urinado nos lençóis.

Pensei: talvez se possa abaixar um pouco a maca, mas não muito.

Tudo o que eu queria da vida era que a porta se abrisse e aparecesse alguém. Qualquer pessoa. Alguém que se importasse comigo ou, pelo menos, fingisse que se importava.

Quis ligar para meu marido, mas me haviam tirado também o celular. Os mortos não telefonam.

Entretanto, ao meu lado havia um telefone preto.

Estava escrito que funcionava com um cartão de sete euros. Mas eu não tinha cartão. Nem sabia onde estava meu dinheiro.

Não tinha dinheiro.

Não tinha nada.

Toquei freneticamente a campainha e finalmente consegui que viesse uma enfermeira. Ela riu de mim ou, pelo menos, assim me pareceu. Eu devia estar chorando, ou talvez ela tivesse bom coração. Tirou minha carteira de algum lugar escondido e, como eu não podia levantar-me, foi comprar um cartão, para que eu pudesse telefonar.

Pedi-lhe a agenda que havia na minha bolsa e, apesar de seu gesto de desagrado, ela a encontrou e me entregou. Era um livrinho preto, uma coisa minúscula onde, contudo, cabiam todas as pessoas que me importavam no mundo.

Todos aqueles a quem talvez eu deveria ter chamado, pedindo ajuda. Desde pequena me ensinaram a não pedir ajuda. Mas nessa hora liguei para meu marido. Para o celular. Para o fixo. Para o telefone do escritório. Não atendia. Nem quis imaginar onde ele estaria. Pretendi acreditar que a preocupação comigo o havia levado para longe. No mínimo, havia ido distrair-se no interior. Para imaginar a vida sem mim. Talvez para sonhar com ela.

Peguei, então, a agenda preta e telefonei para todos os meus amigos. Um por um. Hesitava antes de discar o número. Mas depois de três chamadas, eu já não tinha orgulho algum. No primeiro telefonema, atendeu a secretária eletrônica. Na segunda ligação, o telefone tocou mas ninguém respondeu. O terceiro telefonema foi para minha melhor amiga. Estou no hospital, comecei a dizer, ela, porém, me disse: E eu numa reunião, liga depois.

Não sei como tive forças para discar os últimos números. Havia sempre secretárias eletrônicas e pessoas que estavam na iminência de viajar para a serra ou para o litoral. Eu esquecera de que era sexta-feira. Para todo o mundo, menos para mim.

Falei com uma amiga que estava com o marido nas Canárias. Ela me disse que tentaria voltar a tempo, mas não disse a tempo de quê.

Minha analista foi a única pessoa que atendeu ao telefone. Suponho que eu lhe pagava por coisas como essa.

Ao fim de muito tempo, a enfermeira veio. Falava com forte sotaque, embora eu não soubesse dizer de que lugar. Riu-se de bom grado quando lhe pedi mais um cartão de telefone.

A senhora gastou todo o seu dinheiro com telefonemas, mas ninguém veio visitá-la.

Ela achou isso engraçadíssimo. Ouvi seus tamancos e sua risada enquanto se afastava no corredor.

Ela havia fechado a porta ao sair.

Passei o resto da tarde olhando para a porta branca. Apesar de saber que era quase impossível, não deixei de esperar que a porta se abrisse e aparecesse alguém.

Eu teria dado tudo a essa pessoa, não importava quem fosse.

Mas a porta não se abriu.

O quarto ficou às escuras. No mundo exterior já era noite. Pensei que isso era o que eu havia temido a vida inteira. Morrer sozinha. Por isso não havia abandonado meu marido. Por medo de estar sozinha no último momento. Por isso havia querido tanto ter filhos. Sim, pois esse era o último momento e eu estava sozinha. Já sabia como era e talvez pudesse suportá-lo. Não podia ser pior do que isso.

Esse pensamento fez sentir-me um pouco melhor, mas eu gostaria de saber rezar. Meu corpo tem suas orações e suas próprias queixas. Minha bexiga está a ponto de arrebentar, dói-me muito. Toco a campainha repetidamente, mas a enfermeira não vem. Não sei como, mas, mesmo com as pernas dormentes, consigo arrastar-me até o banheiro.

Olho-me no espelho, vestida com a bata de papel verde transparente. Estou embrulhada em papel, como uma coisa que alguém vai jogar no lixo, ou como um ramo de flores. Tiraram-me a roupa, os brincos... Estou nua e o papel que me cobre faz com que me sinta ainda mais nua. É tão transparente que, mais do que cobrir, ressalta meus grandes mamilos, meus seios ainda túrgidos. Sorrio sem querer ao vê-los: minhas mamas não têm culpa de ser bonitas e de não querer morrer. Ao olhar meus mamilos no espelho, dou-me conta de que ainda estou viva, que não morri, que sou eu.

Alivio-me como posso. Limpo-me como posso. Começo a pensar que é melhor que meu marido não tenha vindo, melhor que ninguém me veja neste estado. Não tenho idéia de onde está o saco de lixo com minhas roupas. Mas sei onde está o caderninho preto. Eu o pego com os dentes, jogo-o dentro do vaso e dou a descarga com toda a minha força.

E enquanto escuto a água arrastar as folhas de papel higiênico água abaixo, recito como um mantra nunca mais. Nunca mais.

E é nesse momento que tudo volta a começar.

Com o tempo e o hábito, a pessoa se transforma naquilo que finge ser.

Mas sempre resta alguma coisa de antes, alguma coisa dos sonhos juvenis. Uma mecha de cabelo impossível de pentear para trás, embora seja penteada repetidas vezes, embora você a unte de gel. Um dia, a mecha volta a saltar para a frente, e nesse dia você se sente vinte anos mais jovem e põe-se a trilhar novos caminhos, tentando recuperar o tempo perdido.

No hospital, éramos todos iguais. Nós nos transformávamos no que havíamos sido sempre; não éramos tabeliões, nem contadores, nem engenheiros, nem caixas de supermercado: éramos simples corpos.

Antes, alguns nasciam em palácio, e outros em casebres. Hoje, todos nascem em hospitais. Corpinhos enfileirados em berços iguais. Em outros tempos, alguns morriam em camas com baldaquins, e outros em catres, mas atualmente a maioria morre em leitos de hospital, iguais em quase o mundo inteiro, com controles remotos para inclinar e bandejas com rodas para a comida. Aqui nos transformamos naquilo que realmente somos. Uma advogada partilha o quarto com uma faxineira. Tornam-se amigas e jogam bisca. Aqui as pessoas gostam de você pelo que você realmente é, porque nada mais resta. Só vale a pena sorrir se se quer ser simpático à enfermeira. Os hospitais públicos são assim. Nas clínicas particulares, como naquela em que me operei, os quartos podem ser grandes suítes, cheias de solidão e flores, mas as coisas não mudam.

Quando o corpo faz água como um barco, só restam os líquidos. Somos sangue e urina, suor e lágrimas.

Somos água, viemos da água e à água voltaremos.

Quando estamos num hospital e quando nos apaixonamos, percebemos até que ponto nossas vidas e nossos corpos são frágeis.

Como chegamos até aqui? Não me refiro a esta rodovia sem saída em algum lugar do sul da Europa. Como cheguei a me apaixonar tanto por você? Será que eu precisava apaixonar-me? Eu precisava tanto me apaixonar, que me teria apaixonado por uma mesa. Mas até as mesas necessitam ter algum encanto, se quiserem que alguém se enamore delas.

Qual é o seu encanto, rapaz?

Agora sei que, quando o conheci, a porta finalmente se abriu e apareceu alguém. Eu me teria apaixonado pelo primeiro que entrasse. E você entrou.

Quando foi? Como foi?

Acho que foi quando você derramou gasolina no carro. Mas provavelmente foi depois, à noite, junto das muralhas, quando trocamos dois beijos de despedida, e você começou a cantarolar essa pavana, a canção que só eu conhecia, mas você também a conhecia.

Foi a surpresa que derrubou minhas defesas. Achei que teria um significado oculto; deixo entrar no meu carro o primeiro desconhecido, que não era nem o mais bonito nem o mais jovem, e ele conhece minha canção. Aí convidei você para jantar. E naquele dia você aceitou.

Mas hoje repito o convite e você prefere que nós dois fiquemos com fome a se deixar convidar pela mulher mais velha, que tem um cartão Visa ouro. Você não me deixa pagar, mas não tem dinheiro para me convidar. Nunca procurei um homem que pagasse minhas contas. Quando era moça, ensinaram-me que os homens deviam proteger-me. Passei toda a vida protegendo-os. Já não procuro um homem que me proteja; eu me conformo com um que me divirta e às vezes, como esta noite, com muito menos.

Hoje me bastam a lua, altaneira sobre nós, e o relâmpago que atravessa o vale onde fincamos a tenda e faz com que, por um momento, volte a ser dia, que por um instante sob essa luz mais sutil que a da vela, eu volte a ter dezoito anos.

A lua cheia está cheia de você, cheia como eu esta noite.

Mas não, a lua estava cheia ontem, mas hoje começou a minguar. Já não é lua cheia, embora seja tão esplendorosa que não se note, que ainda não se veja. Essa sou eu, a lua que começou a minguar, um pouco menos brilhante que ontem, mas ainda capaz de ocultar com meu brilho o pedaço que me falta, o pedaço que ele tem.

Não sei se existe vida após a morte. Já me conformo com que haja vida antes da morte.

Embora seja difícil saber se se vivem milhares de dias, ou um só dia milhares de vezes.

Uma vidente me disse que, quando se morre, é-se obrigado a repetir, por vezes, o último dia de sua vida. Isso é a eternidade, um mesmo dia repetido eternamente.

Essa eternidade me pareceu o inferno, mas, se fosse assim, queria morrer hoje, porque hoje é o dia que não me importaria repetir eternamente, o dia mais feliz da minha vida.

Entretanto, que aconteceria se a obrigassem a percorrer o caminho em busca de uma utopia acompanhada de uma visão?

Se a eternidade fosse vagar por uma estrada imensa que atravessa o mundo com um rapaz vinte anos mais moço, que você não sabe se é um anjo, um demônio, o fruto de sua imaginação ou o filho do seu desejo, e você tampouco sabe se está no céu ou no inferno.

Vagar pelo mundo com sua idéia de amor sobre os ombros.

Não sei se seria um castigo ou um prêmio.

Pergunto-me que aconteceria se eu tivesse nascido antes, se nós dois tivéssemos a mesma idade. Poderia ter um carro na sua idade, poderia tê-lo dirigido até ele. Mas será que eu teria parado? Significaria ele a mesma coisa para mim, se tivesse a minha idade?

Mesmo assim, eu daria tudo para haver nascido antes. Não é culpa minha não ter nascido antes, não é culpa dos meus pais, nem sequer é culpa do deus das provetas que pôs o líquido de uma só em dois corpos diferentes, e como se fosse pouco estar separados pelos seios, pelos testículos, pelos corpos cortados um do outro, como se não fosse suficiente a dor de ser dois, vinte anos os separaram no tempo. Isso tampouco teria sido grave, se quem tivesse vinte anos mais fosse ele. Mas o deus que reparte a essência nas provetas nos fez nascer nesta Terra grande e superaquecida sem ozônio, ou com ozônio demais, onde o verão não acaba nunca, nem sequer para as mulheres maduras, e onde os outros, os que não conhecem o amor, falam mal das mulheres que têm amantes jovens.

Digo-lhe que tenho de fazer xixi. Bem, não foi isso exatamente o que eu disse. Escuto-me dizer a ele que precisa procurar um posto de gasolina ou um bar na estrada porque preciso ir ao banheiro. Mas ele ri e freia em um laranjal. Olha aí, um banheiro público, diz ele. Os lóbulos das orelhas me formigam quando lhe respondo. Não lhe conto que estudei num colégio de freiras, e sim que nunca, jamais – quer dizer, faz muito tempo, já não me lembro bem – eu poderia fazer xixi ao ar livre. Ele ri e me diz, quer dizer que sua mamãe não deixa, não é? Então é melhor você ir para trás de uma árvore.

Ando muito aprumada, como se ignorasse o que ele falou, e não sei o que me obriga a procurar a laranjeira mais frondosa, ignorando que não existem laranjeiras frondosas.

Agacho-me da melhor forma e da maneira mais escondida que posso, mas não sai nada. Tudo está concentrado dentro de mim como a vergonha e a idade, quando de repente começo a ver um esguicho amarelo que cai sobre a terra macia, que a fertiliza, sinto que minha idade e minha vergonha se derramaram. Lembro-me de quando tinha quinze anos e me escondia entre as laranjeiras da casa do meu avô e então me sinto como naquela época, liberada dos meus anos e dos meus bons modos e de todas as convenções ligadas a eles. Sinto a beleza de regar a terra com meu líquido e saber que minha água dará, meses depois, lindas laranjas, e de fazer travessuras e sentir-me de novo uma garotinha.

Eu o contemplo enquanto dirige. E me parece que é o primeiro homem que vejo. Parece-me que jamais conheci outro homem. Parece-me que não existiam homens antes dele.

Entretanto, embora me seja penoso recordá-lo, houve uma vez certa mulher que se parecia comigo, e houve uma vez um homem que não era meu marido.

Uma vez, tive outro rapaz. Uma única vez. Eu era muito jovem e acreditava que os meninos cresciam em árvores. Estava brigada com meu noivo de sempre, o que mais tarde seria meu marido de sempre. Foi depois de perder o filho que esperava dele. Parecia que tudo acabara entre nós, mas isso não me preocupou tanto quanto eu esperava. Eu ainda era muito jovem e achava que os meninos cresciam em árvores. Talvez por isso tenha conhecido um rapaz, ao passear num parque. Não era muito diferente do meu marido, mas gostei dele. Havíamos nascido no mesmo dia, e logo estávamos morando na mesma casa.

Era uma casa inacabada. Não tinha banheiro nem cozinha, nem sequer telefone. Cozinhávamos num forninho elétrico e tínhamos uma grande mesa redonda meio quebrada, que havíamos achado no lixo. Cobrimos as fendas das paredes com cartazes de paisagens alpinas. Como meu rapaz não encontrava trabalho no cinema, trabalhava no que podia, e eu fazia o mesmo. Mas se alguém tivesse dito que éramos pobres, nós teríamos rido. Quando ele chegava de seu trabalho de pedreiro, assobiava lá de baixo, para que eu o ouvisse. Quase sempre eu chegava à sacada a tempo de vê-lo entrar pela porta da rua, mas às vezes o ouvia ainda na escada. Então abria a porta para abraçá-lo, porque ele não se importava que minhas mãos estivessem gordurosas por eu haver cozinhado arroz com lulas. E depois de comer, fazíamos amor em cima da mesa meio quebrada, na casa inacabada, sem nos importarmos com as goteiras, nem com as fendas que sobressaíam entre os trechos de paisagens alpinas, porque nós dois éramos muito jovens.

Eu, principalmente, era tão jovem que me pareceu normal encontrar uma alma gêmea passeando por El Retiro certa manhã de sábado. Tão jovem que não sentia medo nem remorso, e acreditava nada haver a temer. Ainda não havia feito vinte anos e não achava que ser generosa e confiante fosse um luxo.

Por isso, nunca esquecerei o dia em que fui apanhá-lo e ele me apresentou à Hera. Era uma jovem normal, que parecia maquilada mesmo com o rosto sem pintura. Ele a estava aconselhando sobre um roteiro que ela havia escrito para o cinema porque ela sim, encontrara trabalho no cinema. Meu rapaz me beijou, sorriu-me e me fez sentar nos seus joelhos. E desde então eu via perfeitamente que a ela, a Hera, não fazia a menor diferença o que ele pensava do roteiro, porque ela queria era ele, ele todo, e de onde eu estava, nos joelhos do meu amor, compadeci-me sinceramente dessa moça, porque meu homem acariciava meu cabelo, eu era jovem e bonita, e me dava pena ver aquela moça mais velha, que estava apaixonada por alguém impossível para ela. E depois dos beijos do meu rapaz apaixonado, desejei que Hera fosse feliz, muito feliz, tão feliz quanto eu.

Nós fomos para casa e fizemos amor. E eu não estava com ciúme. Porque na época não entendia bem a situação. Achava que, se não fosse ele, sempre haveria outro. Porque não achava que as oportunidades nem os amores tivessem data de validade. E não aprendera a humildade de saber que não há inimigo irrelevante nem rival impossível, nem sabia que partilhar a conta do telefone pudesse ser mais forte que partilhar beijos.

Por isso, quando decidi fazer uma viagem à procura dos panteões mais bonitos do mundo e deixá-lo sozinho com as fendas, não me importei quando ele me olhou e me disse, como fazia sempre que não lhe agradava o que eu fazia: *se é pior para ti, meu amor, se queres o ruim...*

E foi assim que um mês depois nossa dupla indestrutível se destruiu. Porque Hera tinha trinta e três anos, e não era tão jovem nem tão bonita quanto eu, mas sabia que homens como ele não dão em árvores.

Por isso lhe ofereceu seu apartamento e depois sua cama, embora fosse para economizar na lavanderia. E lhe foi apresentando umas coisas muito fáceis e outras muito difíceis. E morar num apartamento inacabado, com lâmpadas que balançavam, goteiras incessantes e um telefone sem linha seria quase impossível, se eu não estivesse lá para cozinhar arroz de lulas e fazer amor em todas as horas e em todos os lugares.

Porque eu era jovem e não tinha pressa e, sim, uma confiança infinita no poder dos meus beijos.

E antes que eu me desse conta, ela o agarrou pelos colhões. Meteu-se suavemente na sua vida e na sua carreira, e pouco a pouco se enroscou nele como uma hera e o deixou preso na parede. É isso que querem muitos homens, que os preguem na parede; isso lhes dá segurança, e os faz sentir-se menos assustados.

Para começar, lhe deu um filho, isso foi o mais fácil, quase todo o mundo pode fazê-lo. O difícil foi enroscar-se em torno dele, até que todas as coisas parecessem difíceis sem ela. Porque ela, sim, sabia o que queria.

Mas eu não. Por isso não fiz nada, nem sequer a princípio, quando voltei da viagem e deparei com tudo aquilo. Nada fiz quando ele continuou a me chamar de meu amor e ficávamos tomando café e ele ainda me olhava como se estivesse me beijando em cima da mesa quebrada.

Porque nós estávamos unidos apenas pelo amor e pela aparência dos vinte anos, pelos beijos e pelo tremor do corpo e ainda não sabíamos que isso não é nada, ou é muito pouco, e eu achava imoral enroscar-se como fazia a nova companheira do meu namorado, e eu não queria ser uma hera, queria ser cometa, e que meu amor fosse tão livre quanto eu.

Eu achava que as coisas não podiam ser tão difíceis, e gostava de ver como ele olhava as gotinhas de suor nas alças do meu sutiã, embora soubesse, embora começasse a desconfiar de que nunca mais dormiríamos juntos.

Voltei a me encontrar com meu marido, que se sentia muito culpado pelo filho que havíamos perdido, e pareceu que essa história nunca havia acontecido, que havia sido um intervalo, a maneira de descobrir que a paixão só leva ao esquecimento.

Mas agora não sei se estou morta ou viva. Agora acho que a mulher que fui morreu para sempre, e conheço muito pouco da mulher que sou. Agora sei que encontrar um rapaz como aquele, como esse que dirige ao meu lado, um homem com o qual as coisas poderiam ir seguindo até a linha do horizonte, não é nada fácil. Encontrar seu homem é, para a mulher, o mesmo que é, para um escritor, encontrar seu tema, que só é para ele porque ninguém poderia escrevê-lo como ele. Não existe um único tema nem um único homem, mas não existem infinitos temas nem infinitos homens. Pode-se saber sua quantidade. Sua quantidade é limitada, e os melhores escritores desperdiçaram tinta e as mulheres mais belas adquiriram, em vão, suas rugas com homens e temas que simplesmente não existiam.

Na ocasião, porém, eu não sabia disso. Achava que me esperava um monte de histórias e de homens e de anos, e que não era muito grave desejar que um deles fosse embora, ou perder um caderno com o rascunho de um romance inacabado, porque viriam mais homens e mais idéias e eu não sabia, como sei agora, que tudo de que se abre mão se perde para sempre.

Nunca lhe falo sobre o homem que houve antes dele, do homem que era como ele, quando eu tinha a idade dele.

Mas, por outro lado, conto-lhe que eu também, em outra época, fui à procura de coisas que ninguém sabe se existem, que uma vez fui tão jovem e pensei tão pouco no futuro, que deixei meu parceiro, num verão em que fazia quase tanto calor quanto hoje, e fui à procura dos mais belos panteões da Europa.

Queria ser artista. Naquele verão, todos os meus amigos queriam ser artistas. Eu havia lido um artigo numa revista inglesa, e acreditava ter descoberto a quadratura do círculo. Queria fazer uma montagem fotográfica com os panteões mais lindos do século XIX. Eu só dispunha do mês de férias que me davam no escritório (eu já trabalhava como contadora), e naquele mês de agosto percorri sozinha todos os cemitérios românticos que pude. A morte não me interessava. Eu me interessava pela homenagem à vida que havia nas esculturas aladas dos panteões. Alguns tinham anjos, outros as falsas pirâmides que estiveram na moda algum tempo, porque a moda também impera nos cemitérios. A maioria era dedicada a mortos muito jovens, rapazes e moças de minha idade, e até mais jovens. Seus pais haviam copiado as sepulturas de reis e imperatrizes, haviam gastado o dinheiro que restava na família, para construir estátuas que ninguém iria jamais ver.

Monumentos a vidas mais curtas que o vôo dos anjos de pedra.

Eu estava na sepultura de uma garota de quinze anos, e fazia tanto calor, que me sentei à sombra da cruz. Então percebi que alguma coisa não ia bem na minha casa, que fazia vinte dias que eu não tinha notícias do meu namorado, e que isso me importava mais que todas as exposições e todos os cemitérios do mundo.

Numa tarde de fim de agosto como esta, deixei a Arte, tomei um ônibus e voltei para casa. Cheguei bem a tempo de constatar a morte do meu amor e a invasão da Hera na minha vida.

Então voltei com meu primeiro namorado e durante muito tempo me convenci de que era o melhor que me podia ter acontecido. Ele tirou as minhocas da minha cabeça. Venci os obstáculos e comecei a trabalhar no Ministério da Fazenda. Não arranquei as fotos daquele verão; elas vagaram pelas casas em que moramos e sempre achei que se haviam perdido em alguma das mudanças.

Apenas quando o médico me disse que meu problema havia terminado, eu as encontrei: saíram flutuando entre gavetas como alguns afogados, e pela primeira vez achei que talvez eu pudesse ter tido talento para a fotografia. Talento e uma vida diferente. As fotos dos anjos, das pirâmides, de todos aqueles jovens mortos antes do tempo e imortalizados na pedra adquiriram, pela primeira vez, um significado. Compreendi que aquela exposição inacabada era o panteão que eu havia feito aos meus vinte anos.

O verão se prolongava como um bocejo depois de uma sesta.

Os postes já estavam de luz acesa. Contudo, a luz do dia, quase alaranjada àquela hora, continuava iluminando as palavras dele.

Vou te contar por que vim embora, como comecei esta viagem.

Um dia comecei a pensar no Homem de Neandertal. Haviam nos contado que ele tinha acabado sozinho e de repente uma tarde, enquanto olhava os tanques que entravam em Bagdá, eu soube que ninguém se extingue só, que nós, que nos denominamos humanos, havíamos acabado com ele, havíamos matado o último homem de Neandertal. Então decidi ir procurá-lo e fui até Gibraltar, até o lugar em que morreu o último Neandertal, fugindo de nós e contemplando o mar.

E pensou: agora começaram a se matar.

E você, como é que sabe disso? Eu adivinhei enquanto pintava, soube quando estava pintando todos os sons do mundo, quando acreditava que havia encontrado o idioma de Deus, quando pensei que ia enlouquecer, e as idéias de grandeza e as cuecas sujas me chegavam até o pescoço. Uma noite bebi dissolvente achando que era cerveja, e então compreendi que era hora de ir embora dali.

Só levei comigo o manuscrito que meu pai tinha encontrado.

Quando pisei na rua é que me dei conta de que fazia seis meses que eu não falava com alguém. Foi assim que comecei a caminhar, mas logo vi que era melhor pedir carona.

Ninguém mais pede carona. Hoje em dia todos acham que, se não se tem dinheiro para comprar um carro, deve-se ir andando.

Se eu não tivesse encontrado uma doida como você, ninguém me teria acolhido.

Por isso fiz aquilo, é um método infalível de encontrar uma louca romântica.

A última.

Meu Deus! Eu trabalhava no Erário Público; decidia a quem e quanto deveria pagar.

Somava e subtraía as vidas das pessoas, e sempre tentava ser justa. Mas sete não são o mesmo para duas pessoas. Sete não são o mesmo de manhã e à noite. Com seus filhos e com seus pais. Os números não são neutros. Os números mudam de humor e de cor da roupa. Podem até ter um cheiro diferente. Mas naquela época eu acreditava nos números. Na fidelidade inalterável dos números. Estava certa de que os números eram a única coisa que não mudava, que não traía.

Essa era minha vida naquela ocasião. Faz muito tempo.

Pelo menos uma semana.

Não me admire; eu pintava porque queria ficar rico.

Não acredito. Um homem que quer ficar rico não acaba na estrada.

Depois comecei a pensar que havia tantos pobres no mundo, que eu precisava repartir com eles o que tinha. Se eu desse a cada um nem que fosse apenas uma peseta, nada me restaria; por isso, era melhor simplesmente abandonar a idéia.

Não sou pobre; sou um milionário que presenteou seu dinheiro antes de ganhá-lo.

Eu vi a data de nascimento dele. Foi sem querer, quando a carteira de motorista lhe caiu do bolso. E eu lhe disse que ele dirigisse. Ele gosta tanto de dirigir, que não perguntou nada.

Fecho os olhos e ele acha que estou cansada de dormir sobre o chão frio da tenda. Não sabe que não consigo ver, que não vejo o mundo nem a estrada desde que me lembrei do dia em que ele nasceu. Porque eu me recordo, lembro-me perfeitamente do dia em que nasceu. Fazia muito tempo que eu estava nesta Terra. E me lembro bem porque não foi um dia qualquer: foi o dia em que perdi a virgindade.

Suponho que seja uma outra maneira de nascer. Ele chorava pela primeira vez, em um banheiro melancólico, e eu também chorava. Não pela primeira nem pela última vez: eu chorava pelo que achava fosse amor, mais uma vez. O homem a meu lado, meu noivo, depois meu marido, zangou-se porque não sangrei.

Contaram-me que as crianças vêm ao mundo envoltas em sangue. Talvez esse sangue que eu não derramei tenha sido o que o envolveu ao nascer.

Eu chorava por causa da brutalidade do meu noivo. Estávamos num depósito, numa cama velha. Uma poeira branca caía sobre nós e sobre uma pilha de móveis cobertos por lençóis, que nos rodeavam como fantasmas. Em cada canto da cama havia uma vela. Nossas tentativas desesperadas para gozar haviam derramado a cera sobre os cobertores. Nós nos havíamos queimado, mas pouco. A família dele tinha uma fábrica de móveis, e esse era o velho depósito para onde ele levava as moças nas noites de sábado. Um lugar frio, sem luz elétrica nem aquecimento, que pretendíamos esquentar com nossos beijos. Não sangrei. Mas tampouco chorei na frente do meu noivo.

Depois que ele foi embora e fiquei de pé no banheiro da minha casa, vi o fio de sangue que agora sim, vertical, descia por minhas pernas.

Não sabia que nesse exato momento estava nascendo um menino que um dia pararia num posto de gasolina e falaria comigo. Não sabia até que ponto me havia tornado adulta.

Meu marido se casou comigo porque não tinha dinheiro para me pagar.

Pelo menos, é nisso que acredito agora.

Muito tempo depois de havê-lo deixado, depois que eu tivera um homem e o perdera, quando ainda éramos jovens e tudo era possível, ele me telefonou um dia, para que datilografasse sua tese de doutorado.

Não sei por que o fiz, talvez porque no fundo eu ainda gostasse dele.

Teria sido muito fácil dar-lhe alguma desculpa, certa de que a cidade estava cheia de garotas que não eram ex-noivas dele e sabiam datilografar.

Por outro lado, comecei a ir à casa dele às terças e quintas-feiras depois do almoço, para que ele me ditasse o que havia escrito, com sua letra incompreensível, em centenas de páginas pautadas.

Combinamos um preço razoável, mas eu fui datilografando fiado. Uma tarde ele me convidou para comer, bebemos vinho e voltamos a ser amantes.

Não tenho dinheiro para pagar seu trabalho, por isso você vai ter de se casar comigo, disse-me ele.

Eu pensei que fosse brincadeira.

De uma só tacada, conseguiu de graça datilógrafa, cozinheira e puta.

Mas durante muito tempo eu não entendi assim. Fui feliz por muito tempo, embora já não me lembre disso.

... O mundo e tudo que existe em...
... O mundo e tudo que existe em...

Essa frase estava escrita num cilindro que girava sem parar. Eu o havia pendurado no painel do carro e ele se balançava sobre nós, enquanto avançávamos pelas estradas, embora tivéssemos a sensação de estar avançando em círculo.

Era a frase que continha o universo inteiro, ele dizia.

... O mundo e tudo que existe em...

... O mundo e tudo que existe em...

As palavras se enroscavam como a serpente do infinito.

É minha obra-prima, dizia.

Eu nada entendo de Arte. Somo, diminuo e multiplico e o Erário Público fica mais rico e alguém, um pouco mais pobre. Vivo de fazer sinais incompreensíveis para os demais, por isso suponho que nós façamos o mesmo. A diferença é que a você não pagam por isso.

Mas sim, é a mesma coisa: você faz rabiscos pretos e acredita que são casas, que são roupas, que são eletricidade. Eu faço sinais sobre um tecido pintado e são casas, roupas, chamas que atravessam o céu. Tudo o que pinto já ocorreu alguma vez, vai ocorrer ou está ocorrendo neste momento.

Era um médico judeu. Tinha bom coração e muito medo. Sabia que a Inquisição chegaria de um momento para outro. Não suportava a idéia de queimar seus queridos livros. Por isso, emparedou-os.

Dessa maneira, toda vez que olhava a parede do quarto, sentia-se um pouco melhor. Seus livros estavam com ele, embora já não os pudesse ler. Às vezes fechava os olhos e recordava as primeiras páginas. Havia emparedado três livros, um só o teria matado de tristeza, porque é sabido que os livros gostam de outros livros. E todos juntos se fazem companhia na escuridão. Havia um *Lazarillo* impresso em Amberes (que grande obra de seu falecido amigo Valdés e que pena não poder divulgar seu nome e sua glória!). E uma *Oración de la Emparedada*, para que os livros encontrassem proteção no Além, do outro lado da parede. E um livro de Erasmo, a quem admirava, e que escrevia para muito poucos.

Antes de emparedá-los, mandou reforçar a encadernação, para que sobrevivessem melhor à umidade e ao tempo.

Isso explica por que o finíssimo pergaminho com o mapa que leva a Nauchipán permaneceu alguns séculos escondido atrás de uma parede de pedra.

Fizemos um trato, apesar de ser um trato inaudito. E ele me mostra a folha de papel, onde estão escritas quatro palavras. Não vejo mapa algum, somente frases e signos, estrelas de Davi, desenhos de pássaros, vestígios escuros. Mas ele nos arroja nas estradas, à procura das pistas de uma perseguição impossível. Afirma ter as chaves de um mundo novo. Diz isso enquanto fuma um baseado, e quase acredito nele.

Em todo o caso, vou aonde ele for; se ele quer que brinquemos de estar loucos, brincaremos.

Brincaremos de dirigir este carro e de procurar uma cidade perdida. Não importa qual seja o jogo. Desde que ele o jogue comigo.

Nove vezes. Transamos nove vezes. Nunca transei tanto. Nunca transei melhor. Os quadris me doem de tanto trepar, e a alma, de tanto amar. A concavidade de minha cintura arde de tanto recebê-lo, mas principalmente dói-me a alma de tanto olhar para ele, de ver o brilho febril de seus olhos. Eu o olho e acho que nós dois vamos morrer, e sinto que ele é eu, e que eu sou ele, que não há diferença entre nós dois, que essa beleza efêmera do que não é para sempre, a beleza suprema do que está perdido de antemão nos une mais do que as promessas. Ele é eu. Eu sou ele. Um ser humano único, com duas cabeças que pensam em coisas diferentes.

Às vezes o sexo é como o tilintar da chuva, como música de colherinhas sobre minha pele.

A chuva cai sobre mim, como os seus dedos finos que procuram todas as cavidades, todas as redondezas do meu corpo. Eu os prendo na boca. Essa chuva de cascavéis que podem ser os beijos.

E outras vezes o sexo é um ruflar de tambores. Forte, sobre mim, rompendo-me, com um retumbar profundo, que chega bem lá dentro de mim. Ele se tornou tão imenso, que já não há lugar para mim, por isso grito para sair do meu corpo.

E ele se vira. E eu acordo.

Hoje de manhã, depois de tudo, foi a primeira vez em que ele quis ir embora. O dia em que pediu meu endereço à porta, e eu lhe disse que não o dou, que já não o dou, que já não espero. Que agora sei que não tenho tempo, sei que o tempo não existe. As chaves do carro estão na ignição; você pode até levar o carro, mas, se quiser meu endereço, terá de vir comigo. E ele se foi, e quase bateu a porta. Mas quando desci até o *parking*, onde só havia um carro – o meu – abandonado na solidão do asfalto, ele estava lá, disposto a me seguir. Para averiguar quem era eu e onde morava.

Aquilo foi o final do começo; a rodovia se tornou mais tortuosa e o caminho, mais longo. Nada voltou a ser igual em nossas vidas, depois daquela manhã.

E a partir desse momento as coisas ficaram realmente difíceis.

O mapa estava escondido na capa do livro. Para reforçar a encadernação, haviam usado pergaminhos antigos, e aquele era de vitela finíssima. Foi preciso esperar muito para alguém derrubar a parede e descobrir os livros, e ainda um pouco mais de tempo (mas que é o tempo, quando em Nauchipán esperam há mil anos?), alguns meses mais, para que descobrissem o pergaminho antigo oculto atrás do livro escondido. E esperar muito mais antes que chegasse alguém muito louco para acreditar no meu homem.

Meu pai encontrou os livros quando comprou a casa antiga e quis reformá-la. E minha madrasta foi quem, ao examiná-los, encontrou os pergaminhos antigos com o mapa. Alguns lhe pareceram valiosos, mas o mapa parecia obra de um lunático ou tarado. Entregaram-me o mapa, a mim, um menino que nunca fazia perguntas. E um dia decidi usá-lo numa composição de pintura. A pintura da minha vida. E foi ao copiá-lo num tecido pintado que descobri ser o mapa de Nauchipán. Porque as coisas raramente se vêem bem ao natural, por isso a arte as copia, para que saibamos que um cachimbo é um cachimbo, e um cavalo é um cavalo.

E que Nauchipán é a cidade dos homens de Neandertal.

Quantos anos tenho? Depende de se é de manhã ou de noite. Depende de se estou sozinha ou se estou com alguém. Quantos anos devo dizer-lhe que tenho?

Talvez eu possa fechar os olhos e me hipnotizar. Se eu pudesse acreditar que tenho menos vinte anos, todo o meu corpo acreditaria. Li que nos Estados Unidos hipnotizaram um condenado à morte. Disseram-lhe que lhe fariam um corte no braço e o deixariam esvair-se em sangue até morrer. Então roçaram-lhe o braço com uma faca de cozinha, mas sem fazer-lhe qualquer dano e, com um conta-gotas, deixaram cair gotas d'água em um cubo de porcelana. O pobre desgraçado acreditava que era seu sangue que estava caindo. Seu cérebro acreditou nisso e todo o seu corpo se deixou enganar. Ele morreu em poucas horas, com todos os sintomas de alguém esvaído em sangue, mas seu corpo estava intacto. Chamo a isso de crime dos hipnotizadores. Mas o que dá a morte pode também dar a vida, se eu pudesse convencer meu corpo a partir ao encontro dele. Convencer minha pele de que ele nasceu depois, convencer minhas células a esperá-lo. Para que possam ficar com ele.

Só porque isso nunca foi feito, não quer dizer que não se possa fazê-lo.

Ou, pelo menos, devo acreditar nisso.

Dizem que os surdos envelhecem muito menos. Um amigo me assegurou que isso é verdade: ele trabalha com deficientes. Os cegos não vêem, mas as comissuras dos olhos se enchem de rugas como ocorre com todos nós; por outro lado, os surdos não envelhecem. Meu amigo me afirma que é o barulho que nos mata. É o estrondo que nos golpeia. E a cada golpe diminuímos, e com o último golpe, desaparecemos. Todavia, creio que os surdos envelhecem menos porque não podem ouvir as mentiras. Pode-se saber se uma coisa é mentira embora se seja surdo, mas se seus ouvidos se livram da tortura de ouvir a inflexão da mentira na boca do ser amado, algo do surdo permanece intacto. Pode viver no silêncio. E na verdade. Talvez verdade e silêncio sejam a mesma coisa.

E, apesar disso, todas as histórias de amor estão semeadas de mentiras, maiores ou menores.

Mentiras que o outro lhe conta, que você lhe conta, que você se conta, em voz baixa ou aos gritos. Que seria do amor sem a mentira? Ou não é o próprio amor uma mentira? A mentira que me conto para poder suportar a vida e a estrada.

Eu deveria ter-lhe mentido. Não deveria nunca ter admitido minha verdadeira idade. Qual é a diferença entre uma mentira e um segredo?

E não é a idade de todos um segredo, um número sem significado? Os anos que nos restam para viver são os anos que *temos* e, como ninguém sabe quantos são, temos todos a mesma idade. O resto são apenas números. Mentir ao amor é começar a perdê-lo. Se ele me ama tal e como sou agora, um número não poderá mudar o desejo que ele sente por meus seios.

Ou talvez possa.

Como contadora, havia visto muitas vezes o poder maléfico dos números. Como mulher, havia visto mudar os olhares lisonjeiros dos homens ao saber minha verdadeira idade, a idade secreta, a idade que talvez eu não aparentasse, mas que os outros me diziam que eu tinha. E eu tinha de acreditar neles.

Não me lembro de quando nasci, tampouco me lembrarei do momento em que chegar a verdadeira idade.

Contemplo o corpo dele adormecido. Os músculos do seu dorso, que sobem e descem com o respirar. A perfeição de sua pele, que cheira um pouco a criança e um pouco a limão. Seu abdome liso. Toco a pele suave de seu rosto, a pelugem da barba bem-feita. E me lembro da papada do meu marido, da sua barriga arrogante, da pele oleosa, do seu cheiro de fumo e de assentos de carro.

E toco meu próprio ventre, ainda liso mas ligeiramente curvado, resultado de muitas dietas e de muitos abdominais, e toco a pele de meu rosto, úmida dos cremes e do desejo.

Enquanto o corpo agüentar, costuma dizer meu marido quando me olha.

Meu marido é mais velho do que eu, mas tem uma amante mais jovem que o meu amor. Dá no mesmo, só que ao contrário. Só que *não* dá no mesmo. Só que *não* é ao contrário. Para as mulheres, não há direito.

A moça que dorme com meu marido não dorme com o corpo dele, não dorme, evidentemente, com sua papada nem com sua barriga nem com suas sobrancelhas brancas e bondosas. É provável que durma com o dinheiro ou com o prestígio dele, não sei. Só sei que o dinheiro e o prestígio não me permitiriam dormir com um homem como esse com quem durmo. Um homem vinte anos mais moço. Enquanto o corpo agüentar. Esse é o único direito. Esse é o único revés. Mesmo que me concedam o Prêmio Nobel de Economia, mesmo que eu seja a mulher mais rica do mundo, para o desejo dos homens apenas meu corpo existirá. O prestígio de uma mulher, seu dinheiro, sua inteligência só servem para fazer com que eles fujam. Resta-nos somente o corpo, somente restam os seios que uma vez me salvaram a vida e agora me salvam as noites. Enquanto o corpo agüente, rangem as molas da cama e uma vez mais me pergunto: por quanto tempo?

Ao menos me libertei dos dias iguais. Os que eu mais temia eram os dias de inverno. Começava a trabalhar antes do raiar do dia. Percorria as ruas frias sob a luz dos postes. Era a primeira a chegar ao escritório e acendia as luzes de néon ao mesmo tempo em que assinava o livro de freqüência. Depois amanhecia, mas eu não podia ver o nascer do dia. Continuava inclinada sobre a luz da tela do meu computador, enquanto a luz do sol atravessava o céu rapidamente. Quando saía de novo à rua, esperavam-me os mesmos postes acesos. Parecia que nunca se apagavam. Eram dias de luz artificial, de coriza e de gripe. Eu gostava do frio seco e do vapor que saía de minha boca, mas morria de saudade da luz. Cada dia sem ver o sol parecia-me um dia perdido. Sentia que minha vida me escapava entre os dedos como água, sem que eu pudesse retê-la.

Num desses dias em que me arrastava tossindo até o escritório, conheci a mendiga.

Seu luxuoso domicílio de papelões de excelente qualidade, organizados como um castelinho, ficava ao lado do caixa eletrônico de um banco. Contou-me que recentemente fora expulsa de lá, como havia sido expulsa de tudo.

Não sei por que parei para falar com ela. Pareceu-me que nao precisava de que lhe dessem dinheiro, e sim, que a tratassem como uma pessoa normal. Quando se vê a vida a partir do chão, todo o mundo lhe fala de cima, quando fala. Eu me sentia tão frágil naquele dia, que me agachei para falar com ela. Sempre me perguntei por que há pessoas que moram na rua, e embora o país esteja cada vez mais rico, elas representam um número cada vez mais maior.

E a mulher falou comigo, e enquanto me falava deixava de feder a vinho ordinário em papelões e a urinas e ao cheiro ruim que exalam os canos de escape dos carros. Porque enquanto me contava como havia chegado àquele ponto, os olhos expressavam épocas antigas de sua vida. Os olhos de quando morava numa casa com guarita.

E ao final daquele estranho diálogo, que deu início a uma amizade estranha, pediu-me que a abraçasse, que não tivesse nojo, porque ninguém a olhava, ninguém a abraçava já fazia muito, muito tempo, quando foi para a rua e já não se importava para onde ia.

Eu a abracei, e me pareceu que era ela que me fazia um favor, o favor de me fazer sentir boa e abnegada por um momento, que era ela a generosa, e eu, a que nada tinha a dar.

Eu a vi mais duas vezes naquela semana. Fazia frio. Eu lhe levei cobertores, revistas, e, uma vez, café com leite quente. Depois eu mesma precisei ficar de cama e a febre me afastou por um tempo do escritório e dos postes.

No primeiro dia em que voltei a trabalhar, fui procurá-la na porta do caixa eletrônico, na hora do café. Só encontrei a calçada vazia, sem mais nada, e um lixeiro que passava desinfetante.

Achei que a haviam expulsado mais uma vez. Os bancos têm tanto dinheiro, que nem sequer querem em seus arredores gente que não o tem.

Perguntei por ela ao lixeiro:

Não, senhora, levaram ela hoje de manhã, roxa de frio. Já devia estar morta tinha uns dois dias ou mais. O pessoal disse que foi uma gripe. É diferente curar gripe em casa, com mel, leite e açúcar caramelado; dureza é ficar aqui fora com esse frio danado e que vai continuar.

Fiquei parada, pensando que talvez meu abraço a tivesse contagiado com minha própria gripe, que talvez eu mesma fosse contagiosa, que não fosse nem sequer capaz de ajudar os que se dispunham a ser ajudados.

Permaneci ali um bom tempo, de braços cruzados, sem me mexer, vendo o lixeiro se afastar levando as últimas folhas do outono e outras coisas inúteis.

Continuamos nossa viagem, deixamos para trás a cidade romana e as muralhas de nossas vidas. Por umas montanhas belas e ermas, às quais parecia que só se podia chegar a cavalo, até a Extrema Dura, onde dormimos ao pé dos azinheiros e perto de um desfiladeiro. Depois nos dirigimos à terra do fim do mundo, onde ficava o fim das terras conhecidas, e, mais tarde, fomos ao lugar dos moinhos de vento.

Todo dia parecia que estávamos na iminência de chegar a Nauchipán. Mas cada dia ele mudava o rumo um pouco e nos desviava. O caminho do Norte nos havia levado ao Sul. Norte e Sul sempre estão mais perto do que parece. Porque o Sul sempre é o Norte, o Sul da Espanha é o Norte da África. Alguma vez, há milhares de anos, já havíamos passado por ali. Quando a Eva negra atravessou o Estreito, havíamos voltado às origens, ao lugar onde a luz era tão forte, que cegava. Abríamos os olhos e voltávamos a fechá-los, aturdidos pela claridade e pelo peso de nossa viagem.

Nas colinas, havia enormes cruzes de ferro, que se moviam a toda a velocidade, como as asas de um helicóptero.

São os moinhos de vento. E Nauchipán quer também dizer cidade do vento. Sua entrada deve estar num lugar onde venta muito, e este é o lugar onde mais venta na Espanha. Aqui pastam touros entre as flores e a África fica perto. Lembra que reza a lenda que foi aqui que morreu o último homem de Neandertal.

Nauchipán é a cidade dos homens de Neandertal. Nunca foi encontrada. É toda de pedra; lá se refugiaram quando já restavam muito poucos deles, e nós estávamos em todos os lugares, procurando-os para matá-los. Essa cidade está oculta em cavernas em algum local da Península Ibérica. É um lugar muito lindo, porque, embora esteja debaixo da terra, recebe o sol por meio de orifícios na montanha e lá embaixo é agradável e fresco. Ali viveram escondidos de nós durante séculos os homens de Neandertal, os Diferentes; pode ser que ainda hoje vivam lá. Nunca teríamos ouvido falar dessa cidade se na Idade Média alguns jovens neandertales não houvessem escapado, ansiosos para ver o mundo, ansiosos para nos conhecer. Encontraram-se com a Peste, a Guerra, as fogueiras que os consumiram e deformaram e bruxos, e um deles confessou, sob tortura, o lugar onde estava a Cidade Sagrada, Nauchipán. Por sorte, o clérigo a quem foi feita a confissão não a entendeu ou não lhe quis dar crédito. Depois disso, muitos dizem que um dos rapazes do grupo regressou a Nauchipán e contou o triste estado do mundo exterior. A essa altura, os sobreviventes já eram muito poucos. Há quem diga que a Peste os matou, e que assim acabaram os primeiros homens, os que não matavam. Mas outros dizem que não, que ainda restam uns poucos, que ainda há alguns, na cidade dos homens grandes que se escondem.

Quero encontrar a cidade de Nauchipán; dela procurei vestígios em todas as lendas, dos códices às histórias em quadrinhos. Tenho certeza de que vou encontrá-la nas montanhas do Norte ou do Sul, porque sei que corre em minhas veias uma gota do sangue desses homens silenciosos e mansos que não prejudicavam a terra.

Eu dirijo e ele fala sem parar. Sua voz é o panorama desta viagem. Ele fala do Homem de Neandertal, da Idade Secreta, de Nauchipán, de qualquer coisa, só para não falar dele mesmo. Só para não falar de nós.

Dizem que as mulheres falam mais do que os homens; acho que é porque as mulheres falam de coisas que não interessam aos homens.

Os homens sempre falam das Coisas Importantes, das Palavras Importantes, da Verdade, da História, da Revolução, com o objetivo de não falar das pequenas coisas de cada dia, que fazem diariamente a verdade, a história, a revolução. Porque a força de uma tigela de arroz é maior do que a força de um discurso, mas uma tigela de arroz nunca será suficiente para um homem, se não for acompanhada de uma fala. Eles necessitam das palavras importantes, das histórias importantes mais do que do leite da mãe, e se não encontram essas palavras, eles as criam. Eles gostam de ficar embriagados pelas palavras. Talvez seja essa a grandeza dos homens. Porque a grandeza daquilo que embriaga uma pessoa é a medida da grandeza dessa pessoa. E tudo com o propósito de não dizer nada sobre si mesmos, de só pensar em si mesmos e, dessa maneira, tampouco pensar em nós, no que acontecerá quando esta viagem chegar ao fim.

Quando chegamos à praia já havia escurecido. Não víamos o mar, apenas certa mancha escura, mas sabíamos que ele estava lá. A areia estava fria, mas ele me deitou na terra e abriu minha blusa. Eu não queria. Tinha medo, sentia a areia nos músculos. Os grãos de areia se enfiavam em mim. Machucavam-me, excitavam-me. Ouvíamos o mar. Que ia e vinha como nós. Eu lhe disse que era perigoso. Alguém poderia vir. E nós não o veríamos. Disse-lhe que só havia feito amor numa cama. Disse-lhe que nunca havia transado ao ar livre e, muito menos, numa praia. Disse-lhe que estava assustada.

Por isso mesmo, disseram-me seus beijos. Eu estava em cima dele e me sentia imortal. Não havia o tempo, só o mar. A espuma branca das ondas que não víamos se quebrava dentro de mim. Eu era uma rocha íngreme e ele um barco que nela se espatifa, depois eu era a areia e o recebia com a ternura que a areia às vezes tem com o mar. Meu corpo era uma grande boca, que por todas as partes se abria para ele. Nessa noite não existiu a lua nem a morte. As ondas me acariciavam os pés. Sua umidade se confundia com a minha umidade, senti-me parte desse mar. Aberta.

Talvez tenhamos dormido, porque quando abri os olhos vi que não era verdade que o tempo houvesse parado. Parecia que eu acabara de fechar os olhos, exausta, mas começava a amanhecer. O mundo se enchia de cores. A areia era pálida e clara.

Eu adormecera com os pés dentro d'água. E agora os olhei. Negros. Achei que fosse um pesadelo, mas estava acordada.

Meus pés estavam manchados de petróleo. Então, pela primeira vez em muito tempo vi o Mar. Negro.

Não sei onde estamos. Damos voltas por este país velho e lindo e alguns dias me parece que passamos muitas vezes pelo mesmo lugar. Percorremos os Campos do Sul, as auto-estradas da Europa, e não sei onde estou. Sinto apenas que estamos cada vez mais perto. Pode ser que logo cheguemos a Nauchipán. Estamos mais perto e eu queria estar mais longe. Uma parada, um cruzamento, uma mudança de direção. Em algum lugar está o mar. Sei disso porque sinto a maresia. Estamos quase chegando aos moinhos de vento. Mais perto e mais longe.

Ele quer chegar a Nauchipán. Eu rezo para que nunca cheguemos.

Ele encontra os banhos turcos na antiga cidade dos árabes.

Como muitas outras coisas, são falsos, são uma cópia dos banhos dos últimos califas, que um empresário esperto abriu na velha Medina. Ou talvez seja um mágico, porque a água cheira a flor e a óleos aromáticos e deixa na pele um sabor de tangerina. No vapor espesso, vejo como seus músculos incham. Vejo-o brevemente, mas adivinho isso.

Estamos sozinhos no banho turco. Cobertos por lençóis. Ele enche de água quente uma ânfora de barro e a derrama sobre meus seios. Faz uma fonte com ela, e eu me derramo também.

Meu corpo inteiro se estica e se comprime contra os panos molhados; meus mamilos estão a ponto de atravessar o tecido. Ele também se comprime contra mim.

Vão nos ver, digo-lhe.

Sorte deles, comenta ele, será uma coisa que nunca viram.

Algo que vale a pena ver.

E continua se comprimindo contra mim, sem tirar o pano úmido de cima de mim e sem desnudar-se tampouco. Começamos a nos roçar e beijar. Nós nos devoramos no fogo úmido. E ele nem sequer me toca com seu membro. Mas vejo o paraíso.

Úmido e redondo.

Estamos viajando por estradas estreitas. Deixamos para trás as auto-estradas porque nos parece que a vida está aqui, nas estradas que há por trás.

Queremos ver o que existe por trás das cidades. As auto-estradas se parecem tanto, que nesta Europa sem fronteiras são como uma só, uma só auto-estrada que atravessa a Europa, o tempo da juventude dele e da minha maturidade. Uma só auto-estrada que leva a essas pequenas vias secundárias, onde passamos tão perto das casas, que podemos ver a cor dos olhos das pessoas.

Hoje à tarde atravessamos um enorme cemitério de automóveis. De longe pareciam montanhas, mas ao nos aproximarmos vimos que eram centenas de milhares de carros mortos. De longe pareciam um monstro pré-histórico, poderiam ter sido o guardião de Nauchipán. Podiam ser vistos de vários quilômetros antes, mas demoramos muito a chegar. O sol era uma roda ardendo através dos esqueletos de carros como o nosso. Empilhados, retorcidos, fumegantes no crepúsculo. Um pouco aborrecidos.

E ele disse: que podemos achar de um mundo que trata seus deuses assim?

Debaixo do seu travesseiro encontro um pedaço de uma coisa que me parece um tecido fedorento.

Ele me diz que é o mapa de Nauchipán. Mas não vejo mapa algum.

Ele me fala dos ruivos. Eles têm sangue, é o que me diz. Delira em meio a esta planície. Precisamos encontrar o povoado onde todos são ruivos, onde há vento, onde há touros. Perto do mar.

Passamos três dias sem comer outra coisa que não fosse Cola-Cao. Cola-cao e beijos, encerrados neste hotelzinho que há muito tempo foi um moinho, com sua moleira, sobre os olmos.

Se você fechar os olhos, ainda pode ouvir a água. Na mesinha está o pote de chocolate, e no chão, a caixa de leite.

Durante horas ele percorre minha pele à procura do mapa de Nauchipán. Desenha nosso caminho, o que já percorremos e o que vamos percorrer, e o tatua nos meus seios com uma pasta de chocolate e saliva, e morde os pêlos do meu púbis como se eu fosse um bosque ancestral.

Ele passa todo o tempo de um mundo que não existe brincando comigo, até que não agüento mais e lhe imploro, e subo no seu corpo.

É hora de encontrar a caverna, eu lhe digo, e ele guincha e voltamos a ouvir a água.

Quando nos exaurimos, ele passa para minha boca o sabor do chocolate da sua boca, beijo com gosto de chocolate, e recomeçamos. Não vimos a noite nem o dia.

Às vezes nos cansamos do sabor de chocolate, mas não conseguimos cansar-nos do nosso próprio sabor.

E então eu chego à lua e adormeço em cima dele.

Ele protesta, mulher, você só pode estar de brincadeira! Deve achar que eu sou o único homem que consegue dormir depois de correr! Você está infringindo regras demais!

Preparamos mais um Cola-Cao e recomeçamos mais uma vez.

A lua está brincando de marionetes com centenas de estrelas.

Minha mão sobre o sexo dele, sem abrir os olhos. Sinto que se rompeu uma nova camada da Grande Cebola. Posso ouvir o silvo finíssimo que fez ao se rasgar. Sempre imaginei o mundo assim: uma esfera de camadas sutis como as de uma cebola. Camadas translúcidas e concêntricas. Estou dentro delas como uma larva de seda em seu casulo. De vez em quando acontece alguma coisa, um terremoto na minha vida ou na minha consciência e posso ouvir o clique da camada de cebola que se rasga e meu mundo fica um pouco maior. Recebe mais luz, porque os sucessivos véus da cebola deixam passar a claridade, mas ficam com alguns raios e, ao faltar uma camada, a luz sempre é um pouco mais forte e mais terrível, e com a nova luz todas as coisas mudam. Vêem-se arestas que antes não se viam, cores que não existiam um instante atrás, o mundo continua igual: fez-se mais oblíquo.

Antes, quando eu era adolescente, rompiam-se capas de cebola quase todas as noites. Sentada olhando os trens passarem, eu ouvia o clique familiar dentro da cabeça. E fechava os olhos deslumbrada pela nova luz das coisas brilhando, inclusive na escuridão, e me parecia que o mundo era um pouco mais amplo.

Quando se rompia uma camada da cebola, tudo me parecia mais real, e, ao mesmo tempo, era evidente para mim, ao menos antes dos vinte anos, que o real só existia na minha cabeça vendada por camadas de cebola.

Depois que me casei, nunca mais voltei a ouvir o clique, nunca mais se partiu uma camada de cebola, e pensei que talvez visse o mundo exatamente como ele era. Talvez eu me tivesse finalmente transformado numa pessoa sensata. Agora se rompeu outra camada sutil da esfera da vida e, sem soltar a mão nem o sexo dele, abro desesperadamente os olhos para ver.

Na escuridão, os lençóis pinicam. A pele dele também pinica um pouco. Assim, visto tão de perto, ele não é muito bonito. A essa distância e à luz cruel do abajur da mesinha-de-cabeceira, vêem-se todos os seus pequenos defeitos, a acne, as células mortas que se arrastam como um véu de pele branca pelo ombro moreno. A esta distância, posso ver que é mortal como eu, e a esta distância poderia amar qualquer homem, porque ele não está aqui para sempre; porque, como eu, tem os beijos contados; porque, como eu, vai morrer.

Nunca pensei no assunto, mas agora penso muito nisso, por um instante, e o acordo.

Pensei na morte e me deu medo, digo a ele, não do fato em si, mas da ocasião. Olhei para você e senti mais medo da morte do que nunca, porque agora tenho o que perder.

Ele me abraça.

Vai dar tudo certo, me diz.

Sem problemas. Será fácil.

Tudo sairá bem.

Sei que é disso que preciso, que sua voz possa convencer-me de que inclusive a morte será fácil, porque é disso que necessitamos, de uma voz na noite que nos diga que, apesar de todas as provas em contrário, tudo – seja lá o que for esse tudo – vai dar certo.

Há um mapa.

Todos os tesouros e cidades escondidas têm um mapa. Acontece que nós não o temos. A única coisa que conseguimos encontrar foi um punhado de metáforas.

Onde está o vento? Onde está a água? No lugar dos muitos ruivos. Até aqui, só encontramos palavras. Os outros estão com os mapas. O *Guia Michelin*. A *Hoja de Ruta*. O Grande Mapa da Grande Europa.

Fogo. Terra. Ar. Água.

De Nauchipán.

As quatro entradas.

Vemos uma velha vestida de preto, apoiada numa parede caiada. Sentada numa cadeira sob uma parreira, como se fosse uma estátua ou um pássaro agourento.

Deve ser a última velha vestida de preto que resta na Espanha; quando morrer, o século XX terá acabado de verdade e para sempre, diz ele.

E então lhe contei.

Antes, o país era cheio de velhas vestidas de preto, sentadas em cadeiras em forma de tesoura. O país inteiro era uma estrada e de ambos os lados da estrada as mulheres de preto esperavam que seus homens voltassem.

Minha avó nasceu na Idade Média, e minha mãe passou do século XIX ao XXI na ocasião em que eu demorei para deixar as fraldas e ir para a escola. Lembro-me dos carros de boi e das vizinhas que acusavam minha avó de bruxa. Certa vez, atiçaram um enxame de vespas contra nossa janela. As vespas me picaram e os vizinhos foram rezar ao pé da minha cama e se culparam por seus infortúnios. Eles queriam vingar a morte de sua vaca, que havia caído num precipício quando estava prenha. Depois, num único ano, chegaram ao povoado a estrada, a televisão, o século XX.

Chegaram e impeliram quase todo o mundo para a cidade, que era um lugar maravilhoso, cheio de fumo e de invenções. O general Franco ainda não havia morrido e na nossa própria casa morava uma moça muito bonita com quem ninguém falava porque era mãe solteira. Quando passava por nossa porta, minha mãe murmurava ao ouvido de sua sogra. Os homens e as mulheres iam à missa, sentavam-se em bancos diferentes e ninguém escutava os discos dos Beatles. Os viúvos se casavam com moças vinte anos mais jovens, que limpavam a casa, e eu queria estudar inglês. Hoje em dia, as princesas se casam grávidas, as aristocratas lésbicas se fazem inseminar por um amigo gay e os casais moderninhos não se casam nem têm filhos. Deixamos de ser o país mais retrógrado da Europa e passamos a escandalizar o mundo com nossos filmes, nossos imensos bairros homossexuais e nossa autoconfiança.

Nem a mãe que pariu, a Espanha a conhece, nem a mim tampouco.

Nada tenho a ver com minha mãe quando ela estava com a minha idade, embora ela tampouco tenha a ver com a sua própria. Entretanto, minha avó havia vivido da mesma forma que sua mãe, e a mãe de sua mãe, sem nunca imaginar que uma mulher pode recomeçar, mesmo quando acredita que tudo terminou.

Sou de uma geração à qual disseram durante toda a sua infância que "esperasse", e durante toda a sua juventude, que continuasse esperando. Não podíamos tomar banho depois de comer e, muito menos, pensar em homens vinte anos mais jovens.

Nossa história é tão incrível que, mesmo que a escrevêssemos com uma agulha no ângulo interior do olho, ninguém acreditaria nela.

Mas as histórias incríveis já salvaram muitas vidas. Sherazade salvou a sua ao contar mil e uma histórias, as *Mil e uma Noites*. As mulheres sempre contaram histórias para salvar a vida. É o poder infinito do escravo. As mulheres contavam histórias em casa. Os homens eram trovadores, recompensados com vinho e com uma linda mulher. A recompensa das mulheres era um beijo dos filhos, a certeza de que, depois de sua morte, esses filhos recordariam os contos da avó, mesmo quando se tivessem esquecido da própria avó.

Só quero escrever seu nome no interior do meu olho. Agora é um homem que me conta histórias fantásticas, para me amar ou me distrair do fato de que não me ama.

Já não acredito na guerra entre os homens e as mulheres. Todos estamos na mesma guerra, porque todos nós vamos morrer.

Enquanto isso, só quero escrever meu nome com uma agulha na íris dos seus olhos.

Era uma vez um imperador louco, numa cidade encantada. A cidade era Praga, e o imperador se chamava Rodolfo II. Era um homem esquisito, da mesma forma que é esquisito esse nome para um imperador. Vivia enclausurado num castelo e não suportava a presença dos seres humanos. Cercava-se de anões e de obras de arte. As obras de arte eram mais reais, para ele, do que o mundo real, as obras de arte eram seu único mundo. Seu pintor preferido era Arcimboldo, na verdade o único homem de Nauchipán que havia conseguido sobreviver fora da cidade escondida, oculto naquele castelo onde só se permitia a entrada de quadros e homens disformes. Foi lá que Arcimboldo pintou nosso mundo tal como o vêem eles, os chamados homens de Neandertal, os que têm a cabeça grande e se comunicam com o pensamento. Pintou homens como rãs e rãs como homens, porque essa era a maneira de pensar em Nauchipán, e em seus quadros disseminou as chaves ocultas do reino. Os caminhos que conduzem a Nauchipán.

Acordo com um olho inchado e acho que um mosquito me picou. Mas ao meio-dia estou com os braços e as pernas cheios de vergões vermelhos, inchados como frangos empanzinados de hormônios. Os dedos das mãos me formigam e depois embranquecem e as impressões digitais desaparecem, como dizem que acontece com os mortos. Sinto calafrios e náuseas, mas o que me assusta são meus dedos inexistentes. Passo a mão no rosto e é a pele do meu rosto que sente meus dedos que não sentem nada. Então meu homem começa a perguntar às pessoas onde encontrar um ambulatório.

Já não se chamam ambulatórios como se eles se destinassem às pessoas que perambulam de um lado para outro sem encontrar nunca uma solução; antes era assim, mas antes não íamos à escola. Agora se chamam Posto de Saúde, e, desde que voltaram os Reinos dos Maus Elementos, há pessoas mais contentes. Vá a esse posto, que a médica é minha amiga, e muito gente fina. Vão lhe aplicar uma injeção e você vai logo melhorar.

Que injeção? Não faz diferença; há uma injeção para tudo; para quem tem dor de dente, de cabeça, de estômago ou uma perna quebrada, dão-lhe uma injeção e pronto.

Terão injeção para dor do coração? Sem perceber, disse isso em voz alta, claro que sim, diz a velha, e às quintas-feiras tem um cardiologista. A gente tem os melhores enlatados de carne da Espanha, e isso nos faz passar mal, não se pode só desfrutar as coisas boas, por isso alguns, como meu pobre Prudêncio – Deus o tenha! – ficam assistindo aos jogos de futebol; a maior culpa é do juiz, e dos enlatados, diz sua vizinha de meia-calça, dos enlatados, claro. O importante, jovem, é que as coisas não são como antes, agora tem solução para tudo, e não é preciso ter medo de ir ao mecânico, porque hoje a gente vai à escola e nos ensinam que o corpo humano é uma máquina e todo mundo já sabe disso, de outra coisa, não, mas de máquinas se sabe tudo.

Pareço um monstro, com meu rosto inchado; olho todo o tempo para fora, para o campo queimado no qual pastam touros pardos, cruzando os dedos para que ele não me olhe pelo espelho retrovisor. E é nesse dia, o dia em que acredito ver velhas vestidas de negro sentadas em cadeiras em forma de tesoura. Dos dois lados da estrada, porque na época não havia auto-estradas e as estradas atravessavam a rua principal de povoados que tinham apenas uma rua chamada Rua da Estrada. Velhas vestidas de luto. Viúvas, mas também mães que foram perdendo a esperança, da mesma forma que a cor de seus vestidos, e que agora parecem uma só mulher e essa mulher parece a Espanha, a Espanha de negro, dolorida, enlutada e ainda altiva, com uma última dignidade e uma última desgraça no olhar. Por isso, quando se vê uma dessas velhas, sente-se, na mesma intensidade, amor e repugnância, como sentíamos então pela Espanha, pelo que restava da Península Ibérica flutuando como um trapo ao vento, mas ainda de pé, resistindo no vestido negro dessa velha que se nega a morrer porque está morta há tempo demais.

A expectativa de vida das mulheres espanholas é de 82,6 anos, a segunda mais longeva do mundo, depois da japonesa, que alcança 84,6 anos, enquanto os homens espanhóis chegam apenas aos 75,3 anos, o que os coloca no décimo primeiro lugar do *ranking*; os mais longevos são os islandeses, com 77,8 anos.

Os homens não alcançam a média de vida dos oitenta anos em lugar algum, enquanto as mulheres superam esse número em dezessete países.

Ele gostava de apresentar as verdades dos jornais como se fossem verdades bíblicas.

O lógico seria que as mulheres se casassem com homens mais jovens; assim, não haveria tantas viúvas.

De qualquer maneira, em breve não haverá viúvas, só divorciadas.

Sempre haverá viúvas.

Uma mulher que perde seu homem é sempre uma viúva.

Pensei em como seria passar sete vírgula três anos sem ele. Viúva dele. Os anos que as mulheres viviam mais do que os homens neste pequeno país. Mas as mulheres ficavam viúvas muito mais tempo. Como em geral eram muito mais moças do que seus homens, ao menos cinco ou seis anos em média, ficavam viúvas durante treze anos.

Podia ser pior. Pensei em como seria passar oitenta e dois anos e seis meses sozinha neste mundo, sem haver conhecido esse homem.

Ao menos, como eu tinha mais vinte anos do que ele, na teoria, mas só na teoria, eu morreria antes, treze anos antes, segundo as estatísticas, considerando que, como mulher, viveria sete anos mais, e que como mulher feliz – acrescentava eu – talvez não morresse nunca.

Assim, a solidão de meu amor jovem duraria o mesmo que a das viúvas espanholas, embora elas estivessem casadas com homens que se diziam de sua idade, isto é, um pouco mais velhos.

Meu vizinho do mesmo andar, entretanto, havia morrido com cento e três anos. Pensei em quantos homens de quarenta anos e filhos de três haviam calculado a média com meu vizinho para que a média fosse esses setenta e cinco anos. A média que não tem nome, porque não conta a vida de ninguém, só que é apenas isso, a média: a metade, só uma metade, a menor verdade.

Dizem que em Nauchipán só morrem os que acreditam que somos mortais. Todos nascemos imortais, afirmam. Morremos porque acreditamos que vamos morrer.

Parece fácil ser imortal, mas até a maioria dos homens de Nauchipán carece da fé necessária. Começamos a ver as pessoas que morrem ao nosso redor. E acabamos por duvidar, por acreditar que talvez nós também morreremos e no momento em que acreditamos nisso pela primeira vez, começamos a morrer, e com nossa morte semeamos a dúvida no coração de outro que havia nascido imortal como nós.

E a dúvida acaba matando-o.

Ele dirige com excesso de velocidade. É tão jovem, que não sente medo. Eu deixei que ele dirigisse meu carro. Depois de tudo, ele dirige também meu coração. Mas eu, sim, tenho medo. Digo-lhe que pare.

Digo-lhe que vá mais devagar, e ele acelera. É tão fácil fazer o contrário do que lhe diz uma mulher... Faz com que ele se sinta tão homem! E que se acentuem as rugas da mulher.

Fecho os olhos. Na verdade, gosto de que ele dirija velozmente. Gosto de que ele me faça sentir medo. Não me importa que seja um garoto. Suponho que seja por isso que o amo.

Não é fácil encontrar um lugar para montar a tenda.

Todas as tardes ele procura um lugar com água e com árvores.

Com terra amena e suave.

Longe das casas, dos olhares.

Ele dirige até o final das cidades, até as divisas. Além dos passos ao nível sem barreiras, pelos caminhos do trem, no lado escuro do rio.

Aonde ninguém vai.

E descobre que chegamos ao povoado cigano.

Papelões, folhas de flandres, uralita, tijolos, madeira, suor humano e anúncios de refrigerantes. Crianças que correm descalças. Caminhonetes maiores do que os casebres.

Eu me transformei num patriarca cigano. Eles também chegaram aqui. Eles também são diferentes.

Procuravam água, sombra, o lugar que outras pessoas não queriam.

Eu procurava o mesmo e cheguei ao mesmo lugar.

Agora também você e eu somos ciganos. Somos como eles.

Para o resto do mundo, você e eu somos ciganos.

Todas as estradas levam a algum lugar, ele diz.

E continuou dirigindo, apesar de a estrada já não ter pistas de rolamento nem acostamentos há algum tempo. A cada quilômetro a estrada se estreitava e havia mais depressões, até que a rota se transformou num caminho sem asfalto e tudo era uma única depressão. O carro dava saltinhos como se tivesse soluços, mas continuou adiante.

Chegaremos a algum lugar, dizia, e eu estava certa de que a estrada acabaria numa granja ou numa mina velha, mas não disse nada. O mapa diz que é por aqui, acrescentou, e como eu nunca havia entendido o mapa, não pude refutá-lo.

No final desta estrada, há um povoado onde vivem os descendentes dos neandertales.

Quando encontramos a cidade dos ruivos, eu soube que havíamos chegado.

Paramos em frente à casa branca, onde ele dizia que o mapa assinalava uma das entradas de Nauchipán. Tem a marca da Idade Secreta, disse, mas não me explicou qual era a marca nem onde estava.

A partir da porta aberta de madeira via-se um túnel e, no final do túnel, uma luz entre a hera. Nós nos movimentamos para a frente agachados, porque o túnel havia sido construído para pessoas mais baixas do que nós, para anões ou crianças. No fim do túnel havia um pátio com um poço e um parapeito de poço. As paredes estavam cobertas de hera e num canto brotavam as flores de uma buganvília. Havia vasos de barro com plantas estranhas sobre as lajes de pedra. Não vimos a anciã inclinada sobre o poço; era muito baixinha, quase invisível. O túnel deve ter sido feito de acordo com suas medidas. Ela carregava um cesto e trabalhava arduamente em cima de um dos vasos. Sorriu-nos como se estivesse a nossa espera.

Vocês demoraram tanto, disse ela. Era ruiva e um de seus olhos completamente branco. Ainda assim, era agradável olhá-la.

Arrancou algumas ervas do vaso que tinha nas mãos; pareciam-se com trevos, porém eram mais carnudas e maiores. Ao olhá-las de perto, pude ver que tinham forma de cabecinhas de crianças.

Vivem do ar e se pode conservá-las na água; duram bastante.

Então ele pegou minha mão e fomos embora.

Ao subir no carro, vi que os brotos soltavam um líquido verde, como se chorassem pelos olhos que não tinham.

Só conseguimos definir claramente que naquele povoado todos eram ruivos.

À medida que nosso pequeno utilitário percorria a única rua principal, uma rua muito esburacada e deserta, que nos fazia achar que éramos o primeiro veículo a chegar ao Oeste selvagem, as crianças corriam para se esconder nas casas e fechavam as persianas de madeira pelas quais até um instante antes viam-se aparecer cabeças ruivas. Os ruivos fugiam à nossa passagem e se fundiam com as casas de pedra. Acabamos encontrando um velho de cabelos brancos e olhos azuis, alguém que não era ruivo, mas alguma coisa em seus cabelos brancos e na coloração avermelhada de sua pele nos dizia que ele fora ruivo até recentemente. Salve, nos saudou, há pouco que ver por aqui, forasteiros. Não sei por que nos surpreendemos com o fato de ele falar nosso idioma, inclusive até que falasse, mas depois dessa frase não fomos capazes de arrancar-lhe qualquer outra; ele se transformou em parte do muro de pedra, em parte das sacadas de madeira, em parte do povoado montanhoso imutável, no final de uma estrada que não aparece nos mapas.

Só depois de muito tempo e muitos cigarros (acabou com nosso estoque de fumo e não sabíamos quando poderíamos comprá-lo novamente), só depois de um gole de aguardente, que meu amor guardava no porta-luvas como arma secreta e que, de maneira inaudita, havia sobrevivido a meus ataques de ansiedade, ele nos disse que sim, que os habitantes daquele povoado tinham duas coisas em comum: todos eram ruivos e nenhum deles gostava de forasteiros.

A cidade que veio depois era toda uma só ladeira e um só bonde. Era uma cidade que quase não existia. Era parte de Nauchipán e parte do céu. Ainda bem que cheirava a peixe. Para que eu pudesse acreditar nela.

Fiquemos aqui para sempre, disse a ele, no Castelo de São Jorge. Podemos abrir um cibercafé acima do mar. Seria um bom negócio, e os portugueses sempre foram grandes navegantes. Já vimos muitos cafés antigos, mas quase nenhum com Internet. Vamos abrir um e ficar por aqui. Longe de todos que nos conhecem. Aqui teríamos uma oportunidade. Esta cidade está tão perto do céu, que é possível que o amor não seja impossível.

Abandonei os estudos de Belas Artes para pintar os sons do mundo, e deixei de lado o alfabeto a óleo para procurar a Idade Secreta de Nauchipán. Não posso deixar tudo isso para ficar parado numa só cidade ou com uma só mulher. Embora a mulher seja você. Vou permitir que você continue procurando comigo, mas não vou abrir mão de procurar.

Às vezes é preciso comer. Embora não tenhamos fome. Faz dias que não sinto fome nem sede; chego a pensar que posso viver de ar, quando a cabeça começa a doer. Os raios da luz, as vacas, os moinhos de vento, tudo vai explodir, o mundo é branco, com uma luz que ofusca. Ele disse que eu precisava comer alguma coisa. Encontramos uma velha biboca no meio do caminho empoeirado; a entrada não tem asfalto, há enxames de moscas nas poças, poeira, suor e ferro quando estacionamos, mas na loja há toalhas de mesa quadriculadas de azul e preto, presuntos pendurados na penumbra e reluzentes queijos gordurosos tão bojudos quanto o garçom que nos atende. Pedimos o cardápio do dia para dividir um prato, porque não estamos com muita fome. A comida nos é servida em dois pratos, com um gesto compassivo. Nesse momento toca uma valsa, uma valsa que todo o mundo conhece, e que fala de um rio que divide a Europa. Ele fecha os olhos, foi lá que eu nasci, sabe, por acaso, nasci junto com o Danúbio em Budapeste, o Danúbio só é como a gente espera em Budapeste. Por outro lado, em Viena é um rio domesticado e manso. Hoje sou eu que te convido, ele diz, fecha os olhos e me abraça, na venda deserta. Em meio à poeira, ao suor e ferro surge uma brisa fresca que vem do Danúbio. Ele me levanta e dançamos uma valsa como se dança nos casamentos, pisando-nos o tempo todo, e depois ele me beija e o garçom que parece um queijo bojudo nos aplaude. E eu me sinto como no meu primeiro baile. O Danúbio Azul numa venda castelhana.

Todo o mundo se dirigia ao Norte. Para lutar contra o mar. Pelo mar. Passamos por ônibus, bicicletas, um burro pintado de várias cores, um camelo.

Quando vimos o camelo, demos a volta. Não éramos os únicos que estavam malucos. Toda aquela gente ia para o Norte, como nós, procurando uma coisa tão impossível quanto Nauchipán. E nós simplesmente os seguimos.

Até o Mar. Negro.

Vemos a mancha negra avançar sobre o mar, como se todas as coisas ruins fossem cair sobre a praia e sobre o mundo. De perto não é tão negra, e, sim, de um marrom sujo, da cor de merda e das coisas que não queremos. Talvez o mar não seja tão negro, tenha sempre uma espuma branca, como o mar que não nos olha, mas, por outro lado, cheira mal. Não tem cheiro de salitre, mas de um carro avariado. Entre as rochas alguém encontra um pássaro completamente coberto do lodo negro. A maré negra cobre os *Cubos de la Memoria*, e todo o mundo gostaria de esquecer que está aqui. Ela chegou até as aves e as aves sabem voar.

Nós nos pomos a limpar e ao fim de algum tempo estamos cobertos de óleo negro, somos um polvo sem tentáculos, enterrado em petróleo e areia. O suor se mistura ao combustível, e acho que morri e estou no inferno. Então olho para ele. Não o reconheço, está com o rosto negro, todo o corpo manchado, as luvas rasgadas e as lágrimas sujas. Se ele está no inferno, então o inferno é o céu.

Fomos embora dali, mas a partir daquele dia, sonhei todas as noites que a maré negra voltava e me arrancava a única coisa boa da minha vida.

A estrada terminava numa pequena península. Podia dizer-se que não levava a parte alguma. Mas isso não era correto, porque ela nos havia levado até ali. Entretanto, não podíamos continuar para a frente. Devia ser o extremo norte do país, talvez o extremo norte do mundo. O fim das terras. Deixamos o carro apoiado no muro de concreto. Ao longe se viam um pequeno edifício e as ondas cinzentas, quase negras.

Que sinto quando olho o mar? Pensei, mas sentia principalmente frio. Caminhamos por um descampado de cascalho, e aqui e ali se viam ilhotas de capim, com a dureza dos sobreviventes. O vento açoitava nossos rostos, e tive vontade de que ele me apertasse nos braços, embora fosse apenas para me aquecer um pouco. Mas continuamos andando. Pedrinhas entravam nos meus sapatos, como filetes de dor.

Avançávamos em direção à pequena torre circular que cada vez mais se parecia com um farol. O farol do fim do mundo, pensei.

Não havia luzes. Ainda era dia. A porta era azul, de madeira pintada com uma tinta lustrosa como a dos barcos, e estava entreaberta. Havia outras portas dentro, também de madeira, mas sem pintura. Umas abertas e outras fechadas. Subimos por uma escada em caracol pelas portas abertas para nós. Cumprimentávamos para escutar o eco e afugentar o medo, não porque pensássemos que houvesse alguém. Nós dois tínhamos a sensação de estar sozinhos. No final da escada havia uma porta e estava aberta. O único móvel era uma cama nova de madeira, com um colchão ainda não usado; o plástico intacto comprimia as molas, como um preservativo. Uma cama onde ninguém havia dormido.

Até hoje.

Ao vê-la, achei que a maré negra não ia mais voltar.

Mas, evidentemente, mais uma vez eu estava enganada.

No outono, tenho pena de matar as moscas. Resta-lhes tão pouco tempo... Já deveriam ter morrido, mas o verão que se estende sem razão as mantém vivas. Por isso deixo que se refugiem no carro, e que pousem no meu relógio de pulso. Deixo que se esborrachem contra o pára-brisa, deixo que se escondam nos cabelos do meu amor. Às vezes me incomodam, mas acho que se fizesse algo tão cruel quanto matá-las, teria violado uma norma dessa trégua. Não sei qual é a regra nem com quem está a trégua. Mas é isso que sinto, que é importante não matar sequer uma mosca, nem a pequena possibilidade negra e peluda de continuar na estrada. Continuar vivos.

Às vezes o sol bate nos meus olhos e a estrada fica tão brilhante que deixa de existir; é aí que ficamos mais perto de nos espatifarmos e sinto que nosso amor é assim: como um negativo que, ao ser exposto à luz, desaparece. Que acontecerá quando o tirarmos da penumbra suave deste carro e o expusermos à luz dos outros? Ao olhar dos amigos? À luz implacável da família que velou os negativos de tantas histórias de amor?

Nunca havíamos falado disso, até que um dia falamos.

Você tem irmãos?

Tenho um irmão que mora em Paris. Antes ele era músico, mas agora dá aula num conservatório, está casado com uma francesa, mas a coisa vai muito mal. Eles têm uma filha, mas o relacionamento vai mal da mesma forma. Ele se chama Antonio.

E você?

Tenho um irmão, mas se afogou aos dezesseis anos. Mas não falo no passado; sempre vou ter um irmão, embora não vá mais vê-lo.

De qualquer modo, não sei por que te perguntei; a gente não escolhe a família.

Os budistas dizem que sim, que escolhemos nossos pais antes de nascer.

Bem, isso explicaria por que nos aborrecemos tanto com eles, porque a coisa de que a gente mais se arrepende é de suas próprias decisões.

E por isso, quando no fim, com a chegada da idade, nós os perdoamos, é como se perdoássemos a nós mesmos.

Sabe de uma coisa? Abriram o peito do meu irmão e pararam o coração dele durante hora e meia. Se é verdade que todo coração tem os batimentos contados, meu irmão vai viver mais uma hora e meia.

Acordei banhada em suor e soube na hora que não havia sonhado com ele. Um minuto depois percebi que havia sido muito pior, que eu havia sonhado com meu marido.

Meu marido me deixou por uma mulher vinte anos mais jovem do que ele. Na verdade, ele não me deixou completamente. Uma pequena parte dele continuava voltando para casa todas as noites. Mas a melhor parte, a parte pela qual eu me havia apaixonado, nunca voltava. Dele voltavam seu cansaço, seu mau humor, sua culpabilidade e seus ciúmes. Sim, ciúmes, porque me enganar tampouco lhe havia ensinado a ser generoso. A garota era sua secretária, eu sabia e não sabia do caso. Às vezes a história me parecia tão vulgar, tão previsível, tão indigna da vida real, da minha vida real, que eu me convencia de que eram apenas fofocas maldosas de corredor. Quando meu tumor foi diagnosticado, ele se sentiu obrigado a me confessar o caso. Desse modo ele se sentiu melhor e eu, muito pior.

Depois, como eu demorava para morrer, disse-me que não queria abandonar-me, mas que tampouco podia permitir-se perdê-la, que escolhera eu. Perguntei-lhe se acreditava que uma moça vinte anos mais jovem pudesse amá-lo de verdade. Ele respondeu que ela talvez estivesse apaixonada pela sua empresa, ou pela sua conta-corrente, ou pelo seu posto de chefia, mas acontece que seu posto de chefia também era ele. Isso é que é ruim: com o tempo, só restam de você seu cargo e sua empresa.

E você, que fez?

Resolvi tomar providências para encontrar um cara vinte anos mais moço que eu e perguntar-lhe se pode me amar apesar dessa diferença, com essa diferença.

Eu tenho muito tempo para amar, também tenho tempo para perder, e quero passar esse tempo com você.

Ao menos por enquanto.

Algumas vezes seus olhos se enchem de luz, fala durante horas e parece o homem mais atraente da Terra, uma combinação de Paul Newman e Brad Pitt. Outras vezes, parece que ele foi embora, que já não está aqui e restou apenas um mendigo, incapaz da menor grandeza; os olhos se tornam pequenos e sem cor, e os lábios diminuem até ficarem finos e cruéis.

E ele fala do futuro.

No futuro, as coisas mais caras serão as que hoje são grátis. O ar e a água. As pessoas vão racionar água, gotinha a gotinha, como se fosse perfume. E o ar puro será vendido em garrafões. Por outro lado, os televisores, os carros, os relógios serão baratos, muito baratos; ninguém dará importância a essas coisas; um homem rico será, certamente, o que tiver uma árvore.

E haverá Bancos do Tempo, os que tenham tempo de sobra o guardarão num banco e outros poderão pedi-lo emprestado. Haverá gente que venderá seu tempo, como hoje os pobres vendem seu sangue.

E haverá ladrões que roubarão o tempo dos outros e o venderão no mercado negro.

Gente que empenhará seu tempo para pagar vícios que não valem a pena.

E outros que economizarão tanto tempo, que não lhes restará vida para gastá-lo.

Claro que o tempo de todos não valerá o mesmo; será muito difícil fazer tempo de qualidade, porque os que têm tempo extraordinário são os que o guardam para si próprios e não o trocam por nada.

Nessa época, o povo de Nauchipán poderia enriquecer se apenas partisse para o mundo e vendesse seu tempo.

Haverá máquinas de sonhar. A pessoa escolhe em um programa o que quer sonhar naquela noite. A princípio não haverá muitas opções, mas com o tempo os sonhos serão *à la carte*. Você mesmo poderá desenhar numa tela azul seu sonho favorito. E repeti-lo todas as noites.

Não sabemos o efeito que isso terá na humanidade futura; o controle dos sonhos dos cidadãos será o sonho dos ditadores.

Os psicanalistas decretarão a morte do subconsciente e depois se reciclarão como desenhistas de sonhos.

Porque as pessoas sem imaginação contratarão outras pessoas, para que procurem novos sonhos para elas.

Uma vez controlados os sonhos, a humanidade acreditará que controla os imprevistos, que sabe tudo sobre si mesma.

E então, como sempre acontece quando alguém comete esse erro, uma coisa sucederá a outra.

Está chovendo. Chove sobre os campos, sobre a estrada, sobre nosso pequeno carro. Parece que no mundo só ficou a chuva. Deve estar chovendo no mundo inteiro. Deve estar chovendo em Nauchipán. Mas, então, escuto um avião que passa voando sobre as nuvens. Quase consigo vê-lo. E sei que do avião se vê o sol. Sempre faz sol no mundo, mas nem sempre podemos vê-lo. Quando se voa suficientemente alto, acima das nuvens, sempre brilha o sol.

Por isso eu gostava tanto de viajar de avião. Nos aviões sempre me sento do lado da janelinha, e olho para fora. Costumo pensar que as pessoas que se sentam ao lado da janelinha, essas pessoas que não podem fugir, que não podem levantar-se para ir ao banheiro, essas pessoas não têm medo, estão abertas ao mundo e não se importam que as nuvens as atravessem. Os introvertidos se sentam ao lado do corredor, sempre a ponto de levantar-se para ir ao banheiro, não querem voar, e sim encerrar-se nesse útero que é o avião. Porque o avião *é* como um útero: os de dentro querem acreditar que o útero é o mundo inteiro; os de fora, os que colam o nariz à janelinha gostariam de saltar fora do útero e devorar o mundo, e aqueles que gostam de viajar no assento do meio, apertados entre outros passageiros, são os que querem fazer parte da multidão e não ser nunca responsáveis, nem por si mesmos nem por nada.

Não querem nascer.

No avião, os extrovertidos olham para fora, os introvertidos pedem um uísque à comissária de bordo, os infelizes são corpos informes ignorados entre um casal de senhores gordos.

No carro, os que têm medo olham para fora; os que nada temem olham para baixo, para a caixa de marchas, para os joelhos dele, para o biquíni dela, para os pensamentos que temos perto dos pés.

Quando se está num avião, acredita-se que se vê o mundo como Deus o vê; no carro, o mundo passa pelas janelinhas como um filme ou como a televisão, a pé, de moto, de bicicleta. Os cheiros, os sabores do mundo e a poeira da estrada se metem dentro da pessoa e a pessoa faz parte do mundo. Você não se mexe na paisagem. Você *é* a paisagem.

Mas as janelinhas dos carros nada têm a ver com as dos aviões.

As janelinhas dos carros estão maculadas pela realidade.

Aqui está a realidade que não quero ver. Estou cansada, esgotada, não agüento mais. Depois de trinta horas na estrada, as costas me doem. Doem-me também os ouvidos, de ouvir falar de um lugar que não existe. Mas ele está viçoso, como se acabasse de acordar. A pele e os olhos brilham. Os vinte anos que nos separam de repente parecem vinte séculos. Sinto-me velha e cansada, embora os homens ainda virem a cabeça para me olhar. O cansaço e o tabaco do cigarro ressaltam mais ainda as rugas em redor dos meus olhos, e procuro a penumbra para que ele não me veja.

Para que não veja as sombras que a idade e o amor acarretaram nos meus olhos avermelhados.

Voltei a ouvir o avião e isso me fez sentir mais velha, porque me lembrei daquele outro avião. É curioso: sentada aqui ao lado desse rapaz que mal conheço, só consigo recordar coisas boas dos aviões.

Agora me lembro daquele avião. Do último avião. Depois dele, não houve outros. O corredor era semelhante aos demais corredores da minha vida, e o avião não me pareceu diferente do de tantas outras viagens. Mas esse parecia que não ia regressar. O alarme me chegou com um segundo de atraso, quando as palavras em inglês começaram a trepanar-me o crânio, quando soube por que não entendera a primeira alocução do comandante.

Mas então já estava a dois mil metros de altitude e a fuga era impossível. Um avião é a mais segura de todas as prisões. Nem sequer o suicídio pode dela afastar-nos. As portas estão hermeticamente fechadas, não há qualquer greta, somente nuvens, que pouco se importam com o nosso sofrimento.

Um avião é como um alegre ataúde branco, que voa para um país desconhecido, sem permitir que as pessoas escapem. Doze horas depois se estará numa terra à qual nunca se quis ir, em um lugar onde não se é esperado por ninguém.

Enquanto isso, sua vida a abandona num outro aeroporto, onde outras pessoas esperam por você, onde um futuro lhe estava prometido. E você, condenada sem julgamento a essa prisão com fronteiras com o absurdo, tenta inutilmente se comunicar com as comissárias de bordo, de cruéis olhos puxados.

Elas não a entendem. A mensagem em inglês é para elas uma linguagem cifrada saída de um inexpugnável oráculo magnético. Elas só sabem dizer: *tea?* ou *coffee?* E você, pouco mais do que elas. Você fala o mesmo idioma que outros quinhentos milhões de pessoas no mundo, mas agora isso não lhe serve de nada, nem sequer de consolo. Você não se lembra se alguma vez ouviu o nome do país de seu destino. Talvez em sonho. Você só sabe que, sem saber como, pegou o avião errado, está sem seu cartão Visa, e não sabe como fazer com seu trajeto de volta. Você nunca ouviu falar que tenha acontecido isso a alguém. Procura um compatriota entre os passageiros, alguém que possa compreendê-la e lhe dê uma pista do que a espera. Mas só há rostos imóveis, de brilhos dourados. Como é que você pôde se enganar de passarela depois de entregar seu cartão de embarque? Você já ouviu falar de gente que toma o ônibus errado, mas não de alguém que tome o avião errado. Talvez possa vender essa matéria com exclusividade para algum jornal, como aquela inglesa que se alegrava por ter sido atacada por um crocodilo na Austrália, porque com a história havia ganhado mais dinheiro do que em todo um ano de trabalho. Nesse meio-tempo, você se levanta e percorre nervosa os corredores, antes que os sinais luminosos a confinem de novo a seu assento.

As turbulências que sacodem a aeronave nada são, comparadas às que confundem seu cérebro. Você começa a gritar e a comissária lhe traz um uísque, sem perder em momento algum a compostura. Parece que não é o primeiro ataque de histeria que vê. Você jamais gostou de aviões. Você contempla aterrorizada a progressão no mapa-múndi de seu vôo sem escalas. Imagina as manchetes dos jornais: *Foi ao extremo do mundo sem pagar passagem*. Como é que você vai voltar? Supunha-se que seu marido a esperasse no aeroporto com o carro alugado e o dinheiro. E agora, que vai acontecer? Você reza para que haja ao menos um consulado nesse lugar.

Você reflete. Este vôo nem sequer estava anunciado nos painéis; um nome tão exótico lhe teria chamado a atenção. Certamente era apenas uma escala, inclusive uma escala técnica com os mesmos passageiros que vão esticar as pernas e voltam a subir no mesmo avião depois de um cigarro. Você se lembra do antigo ocupante de seu assento, tão perdido na sua cidade como você está no ar. Não poderá entrar no país sem visto e você, que nem sequer está com seu passaporte, não sabe se vai muito longe com a carteira de identidade de um pequeno país no qual faz muito anos o sol se põe. É verdade que você correu como louca para pegar o avião quando o alto-falante anunciou seu nome como a última passageira que faltava, a ovelha negra retardatária. Será esse o castigo que as empresas aéreas impõem aos usuários desobedientes? Você decide que, na próxima vez, chegará duas horas antes ao aeroporto. Isso, se houver uma próxima vez. De imediato, você vai ficar desempregada. Se não a deixarem entrar no país, você vai precisar acampar no aeroporto porque está sem dólares, a única linguagem compreendida no mundo todo.

Você sacode a comissária pela gola e os dois atendentes de vôo a acalmam com uma espécie de direto no estômago. Será isso um pesadelo causado pelo uísque? Você trata de falar inglês com seu acompanhante, um homem de barba grisalha com tanto aspecto de homem de negócios, que é impossível que o seja. Seu inglês deve limitar-se aos termos da Bolsa de Valores porque, embora leia o *Financial Times*, é incapaz de compreender as palavras mais correntes. Em todo o caso, "ajude-me" não faz parte do seu vocabulário, nunca fez parte do vocabulário dos tubarões.

Vejo uma senhora gorda com aspecto de mãe. Talvez ela seja mais compreensiva. Contudo, ela só emite latidos guturais, embora seus olhos estejam cheios das boas intenções que aparentam todos aqueles que não as têm.

Você imagina mil futuros possíveis, certa de que os esconjura ao representá-los. As coisas jamais acontecem como as imaginamos. O simples fato de pensar algo a distancia do real e a faz prisioneira do mundo das ilusões e dos sonhos que, por definição, nunca se fazem realidade. Portanto, você se vê morta de fome na sala de espera de um aeroporto desconhecido, com seu último olhar ainda preso ao girar inclemente de um ventilador engordurado pendurado no teto que não alivia o calor; ao contrário, ressalta-o. Ou enterrada viva entre paredes, acusada de voar sem passagem e de entrar sem documentos no país. Sua foto, com o inevitável aspecto de prisioneira, faria aumentar os rendimentos da Anistia Internacional e seria divulgada na televisão no horário nobre, num desses programas de sucesso que procuram desaparecidos impossíveis. Mas esses programas nunca são retransmitidos além dos Montes Urais. Você esconjura tudo, para que não aconteça, embora saiba que há mil outras possibilidades que nem sequer lhe ocorrem, com qualquer das quais a realidade pode assumir uma sangrenta vingança dos seus neurônios.

É impossível procurar a ajuda de outro passageiro, impossível fazer-se compreender pela tripulação, impossível escapar. A você só resta dormir e reservar forças para a luta do outro lado desse túnel de vento onde a espera o resto de sua vida.

Quando você acorda, há uma profusão de vozes confusas e sons de rádio. Por um momento você acha que foi tudo um sonho, e que está aterrissando em casa. Fecha os olhos. Como uma promessa tenebrosa, as luzes da cidade cujo nome você desconhece, tremem de medo enquanto o avião se inclina sobre elas. Você chegou ao seu destino.

É mais fácil do que parece pegar o avião errado.

Depois disso não houve mais aviões, não mais viagens românticas de casal.

Fiquei com medo de voar, e desde então só viajo de carro.

E às vezes, como hoje, deixo que um rapaz bonitão dirija o carro, embora quebre a caixa de marchas.

E me concentro nas suas palavras, para esquecer como guincham as rodas sobre o cascalho da estrada.

Antes de tudo, dizem os velhos de Nauchipán, era o Tempo dos Sonhos. Onde só existiam as vozes.

Os corpos ainda não haviam sido formados, foram formados depois com os timbres das vozes, uns sutis, outros fortes. Todos efêmeros.

Antes de tudo só existiam as palavras, e pouco a pouco as palavras foram construindo o mundo.

Mas não se deixem enganar.

Porque o mundo ainda não está terminado.

É preciso parar, de vez em quando é preciso parar.

A chuva também parou e o ar tem um cheiro que dá fome.

Tudo é de plástico neste lugar: as cadeiras alaranjadas, o balcão, até o presunto do sanduíche que estou comendo é de plástico.

Estou sozinha, comendo um sanduíche de presunto. Meu homem foi ao banheiro. É bom que nos separemos por alguns minutos, depois de tanto tempo sem nos separar; é bom e é estranho.

O empregado masca chiclete e usa um avental branco cheio de manchas de café. Ele me traz a conta.

Senhora, seu filho não me devolveu a chave do banheiro.

Uma coisa se quebra em algum lugar; olho as nervuras do presunto como se fossem feridas; parece-me vê-las sangrar.

Não digo nada, saio sem pagar e o homem vai atrás de mim.

Entro no carro e espero meu garotão.

Ele chega rindo alegremente, com um pote de iogurte de morango. Abro a janelinha e dessa vez lhe digo que acelere, que vá a toda a velocidade, para que o ar contaminado da auto-estrada seque minhas lágrimas, antes que ele as veja.

Não pude ter filhos. Não sei se meu marido os teve ou se os terá com outras. Passo os domingos com meus sobrinhos e me pergunto constantemente se seria capaz de suportá-los o tempo todo. Antes de ir para o hospital havia tomado todas as providências para adotar uma criança. Uma vez, há muito tempo, quando meu marido e eu não estávamos casados, engravidei. Eu queria esse filho. Mas, naquela época, eu trabalhava muito. Acabavam de me promover a chefe de seção. Era a primeira a assinar minha presença no registro de freqüência, e a última a sair. Queria demonstrar meu valor. Nunca saberei se perdi a criança porque caí e tropecei na escada da empresa ou porque, bem lá no fundo, eu temia tê-lo. Ter um filho e talvez perder o emprego, meu cargo. Depois disso sempre me senti culpada, como se a culpa houvesse sido minha, como se não houvesse sido um aborto espontâneo. Meu marido dizia não querer filhos, mas agora pode tê-los com sua mulher tão jovem.

Durante anos tentei convencê-lo a ter filhos comigo. Estava obcecada para ser mãe. Ele, porém, nem queria ouvir falar do assunto. Ameaçava abandonar-me, e com o tempo acabei me convencendo de que eu tampouco queria ter filhos.

Mas se eu não tivesse perdido aquele bebê, meu filho agora teria a idade do meu rapagão. Poderia ser ele, fugindo da doença da mãe, atirando-se na estrada à procura de uma cidade impossível, com um amor impossível ao volante.

Ele poderia ser meu filho, mas não é. E às vezes gostaria que fosse.

Durante os anos em que sonhei engravidar, deixei de fumar. Agora faz tempo que voltei a fumar, mas neste carro quase sempre tenho de apagar o cigarro porque o fumo o incomoda. É tão jovem, que quer viver a vida inteira. Não fuma, e é vegetariano; apenas bebe. É o filho que meu pai queria ter tido e que ninguém de minha geração soube ser. Essa geração quer ser perfeita; nós nos conformávamos em fazer o contrário.

Entretanto, eu havia ido àquela sala de espera achando que carregava uma criança no ventre. Achava que minha vida mudaria ao atravessar a porta pintada de creme, e minha vida mudou mesmo, mas de uma forma que eu jamais podia imaginar.

Dessa vez estava certa de que, finalmente, havia engravidado do meu marido. Nós nos havíamos arriscado apenas uma vez, mas as regras não vinham havia dois meses. Eu celebrara cada uma como se fosse um aniversário, sentindo que a areia do relógio de nossa relação caía agora do outro lado, do meu lado.

Acreditava que aquele filho faria com que recuperássemos nossos melhores anos, mudaria meu casamento, talvez até meu marido abandonasse a amante. Naquela manhã, ao me dirigir à consulta com meu ginecologista, eu achava que tudo era possível.

Fui de metrô porque era muito difícil estacionar no centro da cidade. O vagão que me coube por acaso tinha assentos cinzentos de plástico, com as beiras quebradas e denteadas, que arranhavam as pernas e rasgavam as meias. Ao entrar, vi uma mulher asiática. Pareceu-me chinesa, com um traje todo trabalhado com desenhos de dragões. Sentei-me no único assento livre e vi à minha frente um menininho de olhos puxados e tristes. Um menino chinês. Filho dessa senhora, pensei. Era tão pequeno para o assento, que tive vontade de abraçá-lo, de segurá-lo nos braços porque me parecia tão desamparado naquele vagão, quanto eu estava na vida. Eu não sabia por que sua mãe viajava tão longe dele, por que não o abraçava. Qual não foi minha surpresa quando a elegante mulher desceu numa parada e o garotinho continuou ali, sem nem sequer olhar para ela. Sua mamãe, perguntei-lhe, e ele me respondeu que não, mas havíamos chegado ao meu destino.

O consultório ficava numa rua elegante com árvores, o tipo de rua freqüentada por médicos, advogados e desesperadas como eu.

Naquele momento me pareceu uma rua linda, e a sala de espera do meu ginecologista, com quadros de mães com filhos, acolheu-me com um sorriso.

A enfermeira me trouxe um copo de plástico e uma garrafa d'água. Disse-me que devia bebê-la toda, porque precisava ficar cheia d'água para fazer a ecografia.

E comecei a beber um copo atrás do outro, sentindo que minha barriga inflava como um globo, que toda eu ia me enchendo de diversos tipos de esperança, tão difíceis de agarrar como a própria água.

Devo ter me concentrado tanto nesses sonhos que não se podiam tocar, que apertei demais o melancólico copo de plástico, cuja água se derramou sobre mim. A enfermeira veio correndo e enxugou como pôde o desastre. Finalmente chegou minha vez e cruzei a porta pintada de creme.

Quando voltei à sala de espera, percebi a poeira sobre os móveis, que antes não vira. Pareceu-me escura. E senti o cheiro de fumo e o ar viciado. Também vi, pela primeira vez, a reprodução de *O grito* de Munch, que da parede em frente presidia a sala e o mundo.

Menopausa precoce.

Em algumas mulheres, ocorre aos vinte e nove anos; com a senhora aconteceu alguns anos depois, e a senhora teve muitas oportunidades de engravidar.

Menopausa precoce.

Não estava grávida, nem nunca mais ficaria.

Saí para a rua, que me pareceu burguesa e vulgar, e me pareceu também que a cidade era um lugar estranho, em que eu estava de passagem, só por alguns dias.

A cidade em que eu havia morado durante vinte e cinco anos era, de repente, uma total desconhecida.

Voltei a pé para casa, muito lentamente; nas buzinas dos carros, ouvia de vez em quando as palavras do médico.

Além do mais, no seu caso há certos sinais perigosos, gostaria de realizar outros exames.

Existem palavras, existem frases que levam ao céu; outras, em lugar disso, são as portas do inferno.

A partir de então, começou meu calvário, de médico em médico e de clínica em clínica.

Entretanto, hoje abençôo aquelas palavras, porque no final desse caminho me trouxeram a esta estrada, a este carro, a esta vida.

Em muitos lugares do mundo, entre as tribos perdidas e os vilarejos pobres, eu já seria velha e teria perdido os dentes.

As mulheres de minha idade seriam anciãs, na Idade da Pedra.

Não sei se as mulheres de Nauchipán são consideradas velhas, com a minha idade. Sei que, no Amazonas, eu já teria sido avó. Mas aqui, neste carro que prossegue seu rumo dirigindo-se a nenhum lugar, ainda me considero jovem graças aos cremes, e ao *rock and roll*.

Sou da geração do *rock and roll*, dos tempos em que a cultura pop chegou a este país, e a juventude, ao menos a de alguns, se estendeu até os cinqüenta anos.

Sou filha do *rock and roll*, dessa forma de vida que minha mãe não conheceu, que nos permite dar carona a vaqueiros e pentear cabelos grisalhos.

A avó roqueira. Essa serei eu.

Embora só o tenha sabido quando entrei neste carro.

E hoje continuo nos caminhos, hoje falta muito para cavalgar.

E hoje cavalgo por uma estrada diferente. Dirijo com um volante muito pequeno. Chamam-no de *mouse*, porém se assemelha mais a um polegar. Às vezes, se fecho os olhos, posso sentir na palma da mão descargas elétricas que vêm do outro lado do mundo.

Diziam que seriam auto-estradas da informação, mas no momento o que vejo é uma estrada estreita e com muitas curvas. Uma estrada do Norte nas montanhas. Montanhas de conhecimento, de saberes, de fotografias, de idiotices armazenadas na arca da aliança, na estrada dos sábios: a Internet. A palavra em inglês. Não precisa de tradução, ninguém a traduz. A Internet é uma estrada inglesa, ou melhor, americana que atravessa o mundo inteiro. O nervo a descoberto do mundo.

E eu procuro. Todos procuram. Procuro quem sou, na Montanha da Ciência. Como procurá-lo no Monte Sinai? Como procurá-lo numa estrada de verdade? Ao volante de um veículo que avança no espaço e não no tempo.

Agora eu o procuro no caminho da montanha de informações, onde se acumula todo o conhecimento útil e o inútil. Procuro todos os casais da história onde ela era mais velha do que ele, e que, mesmo assim, tiveram um final feliz, até onde os seres humanos têm um final feliz. Todas as histórias felizes terminam com a morte, mas se estivermos de bom humor podemos terminá-las onde quisermos.

Robert Louis Stevenson e Fanny Vandegrift Osborne.

Eles primeiro. Nós depois.

Fanny, a padroeira das mulheres que amam os homens mais jovens. Talvez não tenha sido a única nem a primeira, mas é de quem mais temos ouvido falar. É ela que nos dá esperança. Tinha trinta e cinco anos e se chamava Mrs. Osborne, quando conheceu Robert L. Stevenson, um rapazinho que queria ser escritor. Ela era dezenove anos mais velha do que ele e estava casada, embora separada, e tinha dois filhos. Tudo isso ocorreu em 1877. Num século em que parecia que essas coisas não pudessem acontecer. Eles não só se casaram e partiram para os Mares do Sul, não só encontraram a ilha do tesouro: apesar da diferença de idade, foi Fanny que ficou viúva de Stevenson aos sessenta e três anos e, em seguida, melhorou seu recorde e se casou com um jovem poeta de vinte e três anos, Ned Field. Ele conseguiu sobreviver a ela. No século seguinte, poucas mulheres souberam fazer brilhar mais, a nós, que nos arriscamos a lutar contra a carteira de identidade. Por isso, cada vez que a voz dentro da minha cabeça me diz que isso é impossível, faço uma oração para Fanny, sem mexer os lábios. Sempre nos restarão Fanny e a lembrança desta estrada.

Por mais nublado que esteja o dia, acima das nuvens sempre brilha o sol. Quando se sobe bem alto, pode-se vê-lo. Os pilotos de aviões sabem disso, e é isso que os faz diferentes dos outros, iguais aos sacerdotes, aos sábios e aos loucos e mendigos. Porque eles vêem tudo a distância, onde os detalhes se perdem e só se vê o essencial. E o essencial são os detalhes.

Esta noite acampamos num bosque de pinheiros. As extremidades superiores das árvores atravessam a lona da tenda.

O ar cheira a clorofila.

Fazemos uma fogueira no limite do bosque. Receio que tudo se incendeie. Nunca fiz uma fogueira no bosque. As faces nos ardem sob o calor das chamas, como se já tivéssemos bebido vinho. Contemplamos o fogo e ele nos embriaga. É como o mar. Pode-se ver tudo no fogo.

Alimentamos o fogo como se fosse um deus, mas é um deus insaciável. À medida que as chamas se apagam, nós pegamos fogo.

Nunca passara uma noite com um homem à luz do fogo. Seria muito triste ter morrido sem chegar a experimentar isso.

Acordamos. Ainda não se apagaram os rescaldos da fogueira.

Nosso carro atolou na areia. Não muito, mas o suficiente.

Procuramos troncos para usar como alavanca, cavamos, suamos, xingamos.

O carro afunda lentamente, cada vez mais.

Não conseguimos retirá-lo.

Digo ao rapaz que preciso ir procurar ajuda. Nunca peça ajuda, me diz. Se fizer isso, você está perdida.

Mas não lhe dou atenção. Começo a andar em círculos pelo bosque até a praia rodeada de pinheiros, até os churrascos dos turistas estrangeiros, procurando alguém que me ajude.

Finalmente, sinto um cheiro de sardinhas fritas e um bar, a praia, as pessoas, e a ajuda.

Do outro lado da montanha vê-se um povoado branco.

Falo com o senhor com uma pança enorme. Falo com a estrangeira de pele avermelhada, falo com o senhor com um chapéu de praia. Ninguém fala meu idioma nem quer falar.

Acho melhor subir andando a colina, certa de que no povoado branco haverá pessoas que me saberão entender, que saberão ajudar-me. Mas não quero deixar meu companheiro sozinho tanto tempo. Tenho medo de não encontrar o lugar onde ele ficou.

Caminho de volta pela trilha de areia; as pontas dos pinheiros me picam os pés.

Meus braços parecem ter crescido. Pesam-me como se eu carregasse duas cestas de pedras, uma de cada lado.

De repente, ouço o barulho de um motor que falha e vejo meu carro e meu rapaz, que saem vitoriosos da areia.

Ele venceu, eu perdi.

Nunca procure ajuda, volta a me dizer.

O povoado é cúbico, geométrico, labiríntico. Quando o forasteiro chega, perde-se e o local lhe parece enorme. Se fica, cada dia o povoado lhe parece menor. Chega um dia em que não se perde nunca e o local lhe parece pequenino. Nesse dia o forasteiro vai embora ou fica para sempre. Esse vilarejo branco é como um queijo *gruyère* e nós somos os ratos que damos voltas e voltas no queijo, sem nunca conseguir sair.

Nunca esquecerei esse povoado branco.
Porque nele comecei a perder você.

Aconteceu pouco a pouco, como ocorre sempre com as grandes catástrofes; a princípio, nem me dei conta. Achei que você estava cansado, que havíamos dirigido por trajetos longos demais, que era tarde demais ou cedo demais, que fazia muito calor ou muito frio, mas que isso passaria; que o fato de você não ter feito amor comigo hoje não queria dizer que você não pudesse fazê-lo amanhã.

O amor que não tem nome me parecia menos amor; por isso, no começo não disse nada, limitei-me a brincar com seus mamilos quando você acordava, a mordiscar a pele de seus músculos quando caía a noite, a beijá-lo com paixão contra os muros à tarde, mas finalmente precisei admitir o que estava acontecendo, e abordei o assunto.

Você estava cada vez mais carinhoso, mais solícito, parava para conseguirmos água e me refrescar, abria a porta do carro para mim, mas não me tocava, e senti o terror de me haver transformado em sua mãe.

Isso acontecera com meu marido. Ele dizia que fazer amor comigo depois de vinte anos de casamento era cometer incesto, o mesmo que dormir com uma irmã. Com o tempo e as pequenas manias, eu era alguém da família dele, tão próxima dele, que o desejo sexual era pecado. Mas nunca me senti irmã dele, nem parte da sua família; pelo contrário, com o passar dos anos, transformei-me numa colega de trabalho, com uma relação cordial mas um pouco distante, que é melhor manter para o bom andamento da empresa, e a empresa, obviamente, era nosso casamento.

Durante anos, vivemos juntos sem sequer nos tocarmos, ou realizando apenas atos higiênicos rotineiros nos fins de semana, que não chegavam à categoria de sexuais: ficavam numa categoria inferior, a dos atos conjugais. A mesma palavra *ato*, que é seca e fria como uma faca, fala dessa qualidade obscura e rápida que tinham.

Parece que a mulher, quanto mais apaixonada está, mais precisa do corpo, do sexo, da carícia, do tato, do cheiro, e o homem, quanto mais conhecido, mais amado, mais seguro do corpo, dele menos necessita, menos quer esse corpo, do qual conhece todas as dobras. Com meu garotão, no entanto, isso não podia acontecer: ele era jovem demais, e nossa viagem não durara o suficiente para cair no tédio.

Ou talvez eu me tivesse enganado em alguma coisa. Havia-me mostrado complacente demais, ansiosa demais, porque era impossível que houvesse sido fria; tudo na nossa viagem era quente, não como água fervente, mas como azeite fervente.

E então? Comecei a conhecer o pior dos suplícios, o de dormir ao lado do meu amado sem poder tocá-lo, insone de desejo, contendo a respiração, tratando de adivinhar seus movimentos durante a noite, tratando que nossos corpos se roçassem ou se encontrassem por acaso, à espera de que, ao tocar-se, produzissem fogo, fizessem soltar faíscas, porque minha pele era palha e a dele, de pedra de isqueiro, porque nossos corpos continuavam encharcados de petróleo e eu estava convencida de que um mínimo roçar bastaria para inflamá-los. Não podia suportar aquela tranqüilidade antinatural, embora antes fosse a única que eu conhecesse.

Sentia-me como uma gata no cio, espreitando seus olhares até o dia em que decidi falar com ele. Tínhamos adiante um horizonte calcinado, no qual os postes de luz eram como os signos de admiração da terra. Não se podia deixar de olhar esse panorama, e isso fazia com que o olhar se acalmasse e se perdesse nos infinitos tons amarelos da terra queimada.

E ele me disse.

Eu tinha razão, você só me quer para transar; usa meu corpo e despreza todas as minhas outras qualidades.

Eu não podia acreditar que agora ele utilizasse o sexo como as donzelas de outrora, à maneira de uma brida para levar-me a seus antolhos, à esquerda e à direita, mas era isso mesmo. Ele me estava testando como uma jovem virgem que exige uma promessa de casamento e, ao mesmo tempo, comprovava a imensidão do seu poder. O poder do que se faz desejar, do que dá, mas dá pouco, o poder do desejo.

Nesse dia aprendi a sabedoria amarga do mundo. O segredo do amor. E o segredo do amor é não amar.

E o ambiente de nossa viagem mudou de novo, porque começou a luta mais antiga do mundo: a luta pelo poder entre um homem e uma mulher que não podem estar separados.

É outra coisa o que nós, nós que sabemos, chamamos de Idade Secreta. Depois da Idade de Bronze, da de Ferro e da Idade Média e antes e durante a Idade Industrial, a Pós-industrial e todas as idades que inventamos, nós que também inventamos a injustiça, a guerra e a poesia. Ao mesmo tempo, no mundo deles, dos puros, dos que não matam, existiu todo esse tempo uma única Idade, a Idade Secreta. A que conhecemos. Porque no Paraíso, antes do Pecado Original, não era preciso mudar nada, inventar nada, não era preciso inventar armas, nem castelos, nem conquistar terras ou planetas. Por isso sua Idade é Secreta, ao menos para nós. É próprio das mulheres pensar na sua idade e não nas idades, talvez graças a isso elas sobrevivam e façam girar a terra todos os dias, mas eu, embora jovem, sou homem, e talvez você tenha razão e nós homens sempre procuramos as Grandes Palavras e quando não as encontramos, fabricamos outras. E essa é a grande palavra que quero passar à história, eu, um simples pintor conceitual, com um *piercing* insignificante no umbigo, como milhares de pintores conceituais antes de mim. Se não posso pintar a linguagem do mundo, pintarei a da Idade Secreta. Porque eu vou fazer com que deixe de ser secreta.

Eu vou com você a Nauchipán.

Que faz o povo da Idade Secreta?

O povo de Nauchipán espera.

Espera que nós todos nos matemos, uns aos outros. Os habitantes de Nauchipán nunca mataram um semelhante. Esse era o mandamento do Paraíso. Nenhuma espécie mata seus semelhantes, exceto os homens e os ratos.

Eles acham que, com o tempo, nós nos mataremos, como matamos todos do seu povo. Entretanto, passaram-se milhares de anos e nós, aqueles que matam, somos em maior número, e eles, a cada dia são menos. Por isso alguns dos velhos dizem que o fato de nos matarmos uns aos outros nos fez conquistar a terra inteira. Inclusive um grupo pediu que se matasse um deles, um da Idade Secreta, para ver se, com isso, sua espécie recobrava a força e o número. Mas foi impossível decidir quem deveria morrer. Impossível decidir quem deveria matar. É a essência dos Diferentes, dos que chamamos Homens de Neandertal, pensar que, quando morre um como eu, também eu morro. Por isso o crime é a mesma coisa que o suicídio. E por essa razão o suicídio é comum entre nós, pois como matamos os outros, podemos também matar-nos. Eles não conhecem essa forma de morrer. Nos últimos tempos começaram a se sentir inferiores, não apenas porque não podem matar o Igual, como também porque são incapazes de sentir prazer com o sofrimento do outro, inclusive com o sofrimento dos nossos, que, afinal, somos parecidos com eles e olhamos com olhares humanos. Quando alguns dos seus voltaram da Idade Média contando os tormentos das fogueiras e os suplícios dos inquisidores, todo o povo da Idade Secreta se admirou. Eram ocorrências tão terríveis, que entre eles haveriam de matar um grande chefe, se os olhasse fixamente, inclusive um feiticeiro, e os Outros, nós, fazíamos isso nas praças públicas, à vista das crianças que gritavam. O povo da Idade Secreta não fala de moral; acha que talvez sejamos superiores por sermos capazes de tanta crueldade, mas eles não escolhem, eles estão na natureza, nós viemos dela, a natureza é implacável, mas nunca é cruel sem necessidade; nós podemos ser cruéis ou magnânimos. Por isso o povo da Idade Secreta espera; eles acham que, se não acabarmos com nós mesmos, a própria Terra se enfurecerá e acabará conosco. Mas a Terra não tem pressa, ela é mais antiga do que eles, o Povo Antigo, e vai durar mais que os dois povos juntos; entretanto, os da Idade Secreta sabem que estão na Natureza, e a Terra não os expulsará do seu seio, quando nos expulsar. Nós, que precisamos de tanto para viver, enquanto eles precisam de tão pouco. Nós, que nunca nos conformamos com nossos corpos, e precisamos enfeitar-nos com plumas, com conchas, com peles, com tecidos, como se nossos corpos não bastassem. Nunca nos bastaram. Para eles, porém, sempre foram o suficiente.

Mas li que eles se extinguiram porque eram inferiores. Não tinham a palavra nem o símbolo. Não conheciam o enfeite, que permite que os homens se diferenciem entre si e mostrem sua riqueza, que lutem pela riqueza entre si, que é lutar pela vida. Não tinham a palavra. Por isso se extinguiram. Não fomos nós que fizemos isso.

Os vencedores sempre contam a história, e nós vencemos daquela vez. Mas você acha que um enfeite é melhor do que um corpo perfeito e musculoso, que uma palavra dita é melhor do que uma palavra pensada e transmitida pelo ar até a mente de quem você quiser que a receba. Você acha que um mundo sem plumas e sem ouro, sem ricos e sem pobres é melhor do que um mundo de castas, de clãs, de classes, o mundo dos chefes. Porque esse é o nosso mundo. Conosco vieram os gritos.

Não sabíamos falar em silêncio, e então vieram as miçangas. Não podíamos distinguir-nos por nossos atos, por isso tínhamos de fazê-lo pelo número de plumas, de contas, de colares. Algo que se pudesse contar – você sabe bem disso – algo que pudesse medir a importância de um homem comparada à de outro, sem precisar perguntar aos deuses.

Eles falam sem palavras. Às vezes seus sábios enviam seus pensamentos aos sábios dos homens, enviam-lhes a sabedoria do mundo antigo, da não-violência, a sabedoria de tecer o próprio fio no próprio tear, não precisar tirá-lo de ninguém. Enviam a sabedoria aos que escutam, porque alguns de nós somos um pouco como eles. Mas os de nós que são como eles não somos feitos para este mundo, construído para os fortes e os cruéis. Por isso, os que acreditamos que somos como eles podemos ser santos ou mártires ou profetas, mas se não tivermos forças – e fazem falta muita força e muita segurança para achar que se pode dizer aos outros que se é melhor do que eles – se não tivermos forças, podemos procurar a Cidade de Nauchipán, que ninguém viu, e nos unirmos aos sábios da Idade Secreta.

Pode ser que Nauchipán não exista. Pode ser que eu a tenha inventado para você. Para lhe parecer menos jovem ou mais interessante. Você também inventou nosso amor para mim, com toda a sabedoria de seus anos. De toda maneira, todas as formas que somos capazes de pensar existem ou existirão, acontecem ou acontecerão ou já aconteceram. Porque nossa mente não é capaz de tanta imaginação; tudo que alguém conta é convocado em algum lugar do universo, como você invocou nosso amor com seu desejo de amar, com seu desejo de renascer. Eu vim do lugar mais profundo do seu amor para a vida, para sua ressurreição. Eu sou sua ressurreição, existi primeiro na sua mente que escolheu viver e procurar outra vida, e depois se apresentou num posto de gasolina qualquer e em mim, um rapaz qualquer, e o transformou num cara único, num posto de gasolina que bombeia a energia da vida. Por isso acredito que Nauchipán exista em algum lugar, e que algum dia o encontraremos.

Talvez não fique na Península Ibérica, talvez não fique na Europa, talvez fique em Irían Jaya ou na selva do Yucatán ou escondida no Amazonas, ou no interior da Capadócia, ou no local mais profundo da Terra Vermelha da Austrália, mas existe em algum lugar; se você fez com que nosso amor exista, eu posso fazer com que exista Nauchipán, nascido da minha vontade e do nada e do sofrimento do último homem de Neandertal.

Estou apaixonada por um louco de vinte e dois anos que procura um lugar impossível, habitado por uma raça que se extinguiu há milhares de anos. E se isso fosse pouco, essa não é sua maior loucura; sua maior loucura é dormir comigo.

Nauchipán não existe, nem existe a Idade Secreta. O amor tampouco existe. É apenas uma palavra. O que existe somos você e eu. E eu lhe peço um dia mais.

Vemos um carro ao lado da estrada. Ambulâncias silenciosas e um corpo coberto por um cobertor cinzento. Todo o mundo se movimentava muito devagar, era evidente que a pressa já não podia ajudar quem estava debaixo do cobertor. Alguns carros paravam para olhar e os que iam na direção contrária freavam para ver melhor, provocando um engarrafamento. Você queria olhar, mas também não queria.

Ver o corpo que não se via. O corpo sob o cobertor. E continuar dirigindo.

Contentes, por um instante, de não sermos ele.

Pelo menos, por agora.

Minha mãe dizia que se devia sempre levar roupa íntima limpa, para o caso de acidente ou de morte. Era também preciso lavar bem atrás das orelhas pela mesma razão. Não sei o que minha mãe teria pensado se houvesse visto os corpos com orelhas ensangüentadas, roupa íntima vermelha e manchada de fezes pela agonia, o medo e a morte, que eu havia visto no hospital. Roupa interior limpa nada tinha a ver com os acidentes de carro. Não havia maneira de ficarmos tão limpos, que o golpe seco do limpador de pára-brisas da morte não pudesse sujar-nos.

Soubemos que estava perto e aceleramos.

A caverna.

Havíamos ouvido falar tanto dela!

Entramos. A princípio é um pouco incômodo, mas no fim vemos o que talvez o Homem de Neandertal tenha visto, o que viram os nossos faz quase quinze mil anos.

Altamira. A caverna de desenhos ruprestres.

Os bisões que nos olham há treze mil anos, ao lado dos cavalos de quinze mil anos. O homem ou a mulher que pintou os bisões. Quem pintou os bisões olhou os cavalos como eu os olho agora. Também para ele já eram uma coisa antiga. Nunca imaginada. Não sabia que tanto tempo antes dele sabiam pintar assim. Perguntou-se como seriam os que os pintaram. Se seriam como ele, que veste peles finas, costuradas com agulhas de osso na última moda. Ele é como eu. Como você. Vive confortavelmente. Dedica apenas três horas por semana a ganhar a vida. O resto do tempo vai à montanha, vai ao rio, vai ao mar. Enfeita-se. Não sabe que quinze mil anos depois seus antepassados vão querer enriquecer só para viver como ele. Construirão automóveis para que seja um luxo passear neles. Para ir à montanha, ao campo, à praia.

Mas nesse momento, olhando os cavalos que o outro artista desconhecido pintara há tanto tempo, deve ter-se emocionado como eu.

Deve ter sentido a grandeza da espécie. O valor dos pais e avós que suportaram tantos invernos, para chegar até hoje. Para chegar a este momento em que o contemplo enquanto você dorme.

Acordei com um rugido como se houvesse um monstro se arrastando atrás de nossa tenda. E então ouvi o vento. E vi que estava sozinha. Ainda era de noite, mas algo no ar, o frio nos ossos, uma abertura no céu anunciavam a manhã. Agachei-me enquanto o tecido da tenda se transformava em cem animaizinhos que gemiam com o vento. Depois achei que o vento não soprava ameaçadoramente, e, sim, que me acalentava. O vento me rodeava para proteger-me da noite. Estava no útero do ar. No centro tranqüilo do mundo que se agitava ao meu redor. O barulho do vento acalmava minha ansiedade, pois o que me angustiava mesmo era o fato de ele não estar. Vi que sua mochila desaparecera, mas seu saco de dormir continuava ao meu lado, e ainda estava com o cheiro dele. Se o havia deixado, era porque voltaria, ou talvez não. Não era o saco de dormir que o havia aquecido naquelas noites, era meu corpo. O saco era um tapete que estendíamos sobre a terra.

Aonde poderia ter ido no meio da noite e do vento? Se havia saído para atender uma necessidade física, já teria voltado. Eu já estava acordada havia um bocado de tempo. Perdia-se a noção do tempo no meio do ronronar do vento; podia sentir agora como o vento acariciava meu cabelo, como se tivesse pena de mim. Quem não teria? Meu amante me abandonara no meio da noite. Não me atrevi a olhar lá fora para ver se ele levara o carro. Não havia ouvido o motor, mas o motor de um carro é uma das coisas que se aprendem a não ouvir, quando se dorme ao lado de uma estrada. Preferi então fechar os olhos. Apertei as pálpebras. Quanto menos via, mais reconfortantes eram as ondas do vento. Era melhor eu ficar onde estava, no útero do vento, a salvo de todos os problemas que o novo dia traria.

E então começou a chover.

Ele deixara um bilhete no porta-luvas. Um bilhete sem sentido.

Tive medo de que não voltasse.

Tive medo de que estivesse louco.

O bilhete dizia o seguinte:

Existe um homem que mora na minha casa quando não estou. Sempre encontro pontas de cigarro nos cinzeiros. Marcas de batom nos copos, meias sem par no banheiro.

Existe um homem que mora na minha casa quando não estou. O pior é que acho que sou eu.

Quem é ele?

Quem é o homem com quem viajo?
Quem é o homem com quem durmo?
Será que eu sei? Será que alguém sabe?
Só sei que acordei sozinha durante a noite e que ele não está.

Os moradores da cidade falam do silêncio do campo. Falam porque não sabem. Não existe nada menos silencioso do que o campo.

Nada mais violento que a noite no bosque. À noite nos bosques se cometem assassinatos, roubos, estupros. Os lobos espreitam, as raposas caçam, o gato selvagem ataca pelos flancos, à procura de sangue. O falcão entra nos galinheiros e degola as galinhas confinadas. Os pássaros matam os roedores, os roedores destroem os suprimentos dos vizinhos. O cuco se introduz em ninhos alheios e mata crias inocentes para ocupar seu lugar. A noite é assustadora, a penumbra a torna mais amável e o desconhecimento nos permite suportá-la. Na Europa, durante séculos o homem tornou a escuridão menos violenta ao matar lobos, raposas, falcões. A noite na Europa começa pouco a pouco a conhecer a paz dos cemitérios. Não há morte porque tampouco há vida. Os esquilos nas árvores e os coelhos no solo são toda a vida que podemos tolerar. Mas nem mesmo assim há silêncio. Os grilos chirriam como cabos de alta tensão e as corujas são as buzinas do bosque.

Mas ao menos a noite no campo continua sendo noite. A noite da cidade é um falso dia de néon, com postes de luz e transeuntes perdidos. A noite do campo tem a paz do escuro, ainda que a lua ilumine mais que os letreiros luminosos.

Mas quando se está sozinha numa pequena tenda que estremece ao vento como uma vela a ponto de se apagar, o barulho do bosque é ensurdecedor, tão tumultuado que nem sequer deixa ouvir as batidas do seu próprio coração.

Tropecei numa coisa dura fora da tenda e no primeiro momento achei, não sei por quê, tratar-se de uma pistola que alguém deixara ali. Se há uma pistola, tem de disparar. Devia ser a febre e o vento que me enganaram. Porque ao pegá-los, vi que eram sapatos. Os velhos tênis dele, com a lingüeta esfarrapada. Nunca me alegrei tanto de ver uns calçados. Porque isso queria dizer que ele estava descalço, isso queria dizer que ele voltaria. Nessa noite vi os olhos de Deus em seus sapatos velhos.

Choveu. A chuva deixou um cheiro profundo. Cheira a uvas e a coisas secretas. Aperto nas mãos os sapatos velhos dele. No vento, como uma miragem, chega o som de uma canção ingênua de que eu gostava antes de me casar. Não há lua nem estrelas, mas há uma luz que brilha entre a névoa e a chuva, como se fosse um farol. Começo a andar em direção a essa luz. Mas à medida que me aproximo, a luz se distancia e desaparece entre os chuviscos. A canção também se esconde entre a névoa. Mas confio mais na luz, sempre confiamos mais no que vemos porque nós também somos ingênuos. Pergunto-me que será a luz, de onde virá a música. Talvez a música esteja só na minha cabeça. Pode ser que a luz seja a luz da lanterna dele, que se ri de mim entre os pinheiros. Contudo, estou mais perto e a luz começa a ficar parada. Vejo uma casa com uma cerca com espaços abertos e um grande poste que se agita com o vento e mostra o caminho. Há uma trilha de cascalho e ao fundo se ouve, cada vez mais enlouquecida, a música. Há um carro com os faróis apontando para a piscina suja com as primeiras folhas do outono. Há um grupo de rapazotes que bebem e dançam. A casa assome mais ao longe, do outro lado das árvores, como se a festa não fosse com ela. Fico no fundo do jardim e, sem saber por quê, penso nas crianças que morrem de fome. Sinto-me vagamente culpada ao pisar no mármore do piso que rodeia a piscina. Talvez porque agora a luz tenha girado com o vento e eu tenha visto o garotão louro descalço que fala animadamente com a moça de tranças afro.

Ainda estou com os olhos inchados quando o zíper da tenda se abre. Entram o sol e meu rapaz, com a moça de tranças afro. Assim de perto, ela não é grande coisa: magra (os ossos de suas costelas me dão pena), com muitas sardas e rosto frio. Oi, me diz alegremente. Esta é uma amiga. Ela queria que a gente a levasse ao vilarejo mais próximo.

Ainda não morro, ainda não. Sinto um tubarão me estraçalhar a barriga e avalio minhas possibilidades o mais friamente que posso. Não tenho certeza de que seja mais bonita do que eu, mas seguramente é mais jovem. Inclusive que ele.

Acho que Nauchipán não fica nessa direção, digo, mas ele me olha como se nunca me tivesse falado de Nauchipán.

Temos muito tempo e podemos fazer um desvio, ele me responde, e continua olhando para a moça. Olho fixamente para as tranças afro da garota, com as pontas separadas. A esta distância parecem de plástico e acho que ela nunca as lava. Debaixo de sua camiseta verde, aparecem as axilas sem depilação. Meu Deus! Não tem nem vinte e cinco anos! Só uma moça tão jovem pode usar assim com tanto orgulho os cabelos trançados. Mais tarde, isso lhe será impossível. E o pior é que sei disso por experiência própria. Percebo que todos esses detalhes horríveis para mim encantam meu amor, vinte anos mais moço que eu.

E então ele olha para ela como costumava me olhar. Sorri para ela como antes sorria para mim, e sinto engulhos no estômago. A moça ostenta dois anéis no umbigo, e é possível que haja outros *piercings* em partes do seu corpo que não vi e espero que nem ele tenha visto. Quando ela se move, os anéis se chocam e ela parece um gato com sua cascavel. E agora ele se foi pela trilha entre as nectarinas, seguindo esse tinido como se fosse de ouro. E eu não fiz nada, não disse nada, não me mexi daqui.

Continuo sem me mexer, digo em voz alta.

Pode-se dar amor, mas não se pode pedir.

Quando vejo a moça das tranças afro, penso: ela é a pistola. Vai disparar e essa minha loucura vai saltar pelos ares. Voltarei a ser uma contadora que não acerta as contas. O melhor que posso fazer é fechar os olhos para que não doa tanto. Mas essa viagem me mudou, já não posso deixar que as coisas aconteçam comigo. Uma vez me disseram que eu ia morrer, mas não lhes dei importância, e embora hoje todo o meu senso-comum me diga que não posso fazer nada contra seu traseiro negro, suas mamas firmes e seus vinte anos, vou fazer alguma coisa.

Penso em apanhar o carro e ir embora de novo, deixar-lhe sua mochila, suas coisas junto da tenda e partir. Partir talvez para procurar Nauchipán sozinha. Logo eu, que sei muito bem que Nauchipán não existe. Ou pode ser que eu vá procurar outro rapaz, outro homem, talvez um homem de minha idade, ou perceber que perdi o tempo para sempre.

Mas, enquanto eles se escondem entre as nectarinas, faço-me de maternal ou talvez me agarre à última oportunidade. Não posso deixá-lo aqui, tão longe da estrada principal, tão longe de um posto de gasolina onde possa encontrar outro carro que lhe dê carona. Devo deixá-lo onde o encontrei, na loja de conveniência da vida.

E é isso que faço. Espero. Junto do carro, junto da tenda. Como uma árvore, como um cachorro junto a uma árvore. Ficar quieta é mais cansativo do que dominar o mundo, mas fico o mais quieta que posso e espero.

Estou tão quieta, que posso sentir que meus pensamentos ficam mais densos a cada minuto; fazem-se sólidos e passam em frente a mim como as espirais de fumo do cigarro que não fumo. (Fumei nestes dias tudo que fumei a vida inteira e já não me resta nada para levar aos lábios.) Agora gostaria de ter qualquer coisa para apertar nas mãos, em lugar de apertar as unhas contra os dedos para ver se posso ferir as idéias que não deixam de vir, e que, embora eu não as chame, prendem-se a mim como um cigarro de alfinetes entre os dedos.

Por que é tão difícil ressuscitar? Como acreditei ser possível voltar a viver? Voltar a amar? Olho para meu celular que não toca. Meu marido acha que estou morta. Como sei que não estou? Meu marido não telefonou. Os mortos não recebem telefonemas. Ninguém telefona para os mortos. E eu estou morta para ele.

Talvez sinta alívio. Meu desaparecimento o livrou de um trâmite incômodo. Pode ser que o que mais lhe faça falta seja o carro. Ele nada sabe sobre erro, indulto, vida.

De repente me dói o silêncio do homem que não amo, mais do que o do homem que amo. Que é esse amor, senão amor a mim mesma? Amor à vida. Que é esse amor senão minha ressurreição? Não é todo amor uma ressurreição? Embora a ressurreição seja impossível. E o amor?

É possível viver outra vez? Amar outra vez?

Que fez Lázaro quando ressuscitou? Apaixonou-se por alguém vinte anos mais jovem?

É melhor a primeira vida, a da inocência? Ou a segunda, a da alegria? É melhor o primeiro amor, o que ignora, ou o segundo, que sabe?

Todas as minhas perguntas querem dizer:

Será que ele volta? Voltarei a vê-lo?

Eles desapareceram entre as árvores. Eu poderia segui-los, mas não o faço. Não sei há quanto tempo estou aqui, ocupada com a enorme tarefa de nada fazer. Toda a minha vida me veio à mente e a vida dele também. A vida que ele tem adiante. A vida sem mim. Parece-me mentira que ele existisse antes de nos conhecermos e, da mesma forma, parece-me impossível que continue vivendo sua vida longe de mim. Isso é o viver; enquanto somos pequenos não entendemos como era possível que houvesse um mundo antes de nós; nós nos tornamos adultos quando compreendemos que haverá mundo depois de nós, sem nós.

Respiro o ar das nectarinas e pretendo que meus pés percorram a distância até o carro, e que se vão deste lugar para sempre.

Mas não me mexo.

Moelas de frango recheadas de alfinetes. Enterradas na porta da casa dele numa noite de lua. Pó de asas de borboleta esparramado em seu quarto de dormir, para que ele ame você e esqueça dela. Sangue menstrual empapado nos cabelos do amado e escondido em uma vela debaixo de sua cama.

Eu tinha uma vizinha louca. Uma pobre mulher que havia sido abandonada pelo marido. Ela ia se consultar com uma cigana velha do outro lado dos trilhos do trem. A polícia a flagrou enterrando as moelas de frango na sebe que havia diante do cabeleireiro da nova mulher do seu marido. Ela passou horas convencendo-os de que não eram restos humanos, de que não havia cometido crime algum. Internaram-na num manicômio por alguns dias. Depois a deixaram partir. E agora eu a compreendia, sentia a revolta contra as coisas que não se podem mudar, a revolta que vem do ventre, que brota dos intestinos.

Agora entendia todas as tramas, todas as loucuras. Porque deve haver uma forma de que isso acabe. Deve haver uma forma de que ele me queira.

Deve haver algo que se possa fazer, embora seja proibido, embora seja loucura.

Voltam sorridentes. A moça tem flores chamadas dentes-de-leão enroladas nas tranças afro. Ele tem um espigão enfiado nas calças de vaqueiro como se lhe tivessem atingido o traseiro com uma flecha enquanto fugia.

Ele me acaricia o queixo e quer me dar um beijinho, mas eu não deixo.

Ciumenta, hem? Está com ciúme, diz ele, e ri.

Mas não tem graça alguma.

Vou levar vocês ao próximo vilarejo e deixá-los lá. Estou cansada de Nauchipán, cansada das suas criancices.

Puxa, não precisa ficar assim.

Ou, se você preferir, pode ficar aqui no campo. Fique aqui com sua tenda e sua amiga.

Mas ele já subira no carro, os dois subiram no carro. Deixaram o assento do motorista para mim. A moça me olha com a superioridade da ignorância, não fica chateada, tia, eu não sabia... Vem, tia, são só uns quilômetros, vai nessa, leva a gente. Sinto-me ridícula no meu desespero, de pé como uma mãe violenta, a ponto de gritar com os filhos. Nesse momento todo o meu corpo está contra mim. Esperem uns minutos, digo.

E eu também vou para trás das árvores, pego uma pedra no chão e bato o mais fortemente que posso no tronco de uma árvore, até que a pedra se estilhaça e se enfia nas minhas unhas e me tira sangue. Meto o dedo na boca. Meu sangue é gostoso. Respiro.

E volto para o carro.

Você dirige, digo a ele, até o lugar onde você quiser descer. Pegue suas coisas e vá embora. Esta viagem já demorou demais. Está começando a fazer frio.

Eu não compreendia como tinha sido capaz de cair numa dessas mais uma vez. No mesmo jogo sujo de sempre. Tropeçar outra vez nos jogos do poder, a espera, a ansiedade, a raiva, a vergonha. A vergonha de estar novamente à mercê de alguém, à mercê do que ele quiser.

Por que não existe amor sem lágrimas?

Por quê?

O segredo do amor são os jogos. Mas os jogos são o túmulo do amor.

O segredo do amor é não amar.

Ele dirige, eu mantenho os olhos fechados. Ninguém diz nada. Não sei quanto tempo nem quantos quilômetros depois, ouço a voz da moça. Pára aqui, cara, pára aqui. É aqui, valeu. Ela pega minha mão. Obrigadão, cara, de verdade, obrigada.

E ele mete o pé no acelerador. Vejo as tranças se agitarem pela última vez, como sua mão. Um punhado de papéis esvoaça em redor dela na valeta. Há uma casa, um bar e um posto de gasolina, ela apanha a pequena mochila e começa a andar, mas não vemos em que direção.

Não quero abrir os olhos.

Finalmente a sós, diz ele, e tenho vontade de que saia do meu carro nesse mesmo instante.

Você não precisava ficar daquele jeito, diz ele.

A gente tem um objetivo, Nauchipán. Temos nossa história, nosso caminho. Eu nunca lhe prometi nada, não é verdade?

Eu o encaro bem nos olhos e me parece que o vejo pela primeira vez, e pela primeira vez vejo também a imundície em que se transformou meu carro. Papéis de balas, sacos plásticos vazios, barrinhas de chocolate comidas pela metade, e cheiros: cheiro de calcinha, de chiclete de morango, de fumo, de vinho, de perfume, de pizza para viagem, de café em copos plásticos, o cheiro do suor dele e do meu, um cheiro que eu não sentira porque impregna minhas roupas, porque invade o que resta de mim. Eu também cheiro assim agora, cheiro a ele, e a este confinamento, a esta loucura.

Estou farta de você, de suas criancices. Dessa história idiota de Nauchipán, que mais parece uma história para fazer crianças dormir, mas a criança é você. Não quero mais ouvir falar de Nauchipán, estou farta de entrar no seu joguinho e de que você jogue comigo.

Nauchipán não existe, é uma fantasia e não vale a pena perder tempo com as coisas que não existem e os relacionamentos que não podem existir.

Pois minha Nauchipán é mais real que seu marido. Que você quer que eu ache de um marido que pensa que você vai morrer e não lhe telefona? De um marido inexistente? Por que eu devo acreditar no seu marido, se você não acredita na minha cidade? Por que devo acreditar em você, se você não acredita em mim? Você acha que essa garota era mais importante para mim do que meus sonhos. Podem ser bobagens, mas são as minhas bobagens, e você agora é uma delas.

Sei que deveria ter-lhe dito que saísse do carro nesse momento, desconheço a razão por que não o fiz, mas sei que é a mesma por que o deixei subir no meu carro no posto de gasolina. Não quero abrir os olhos. Gostaria de ir ver meu pai e minha mãe, gostaria de ainda ter pai e mãe. Não quero sentir-me derrotada, mas me sinto. Entretanto, para que servem todos os anos que perdi, se não aprendi a fazer o que quero. Fazer o que quero, e saber o que faço. Isso dizia meu pai, faz tanto tempo... Foi preciso uma estrada compridíssima, uma vida inteira para me lembrar dessa frase, acocorada no assento dianteiro de um carro que nem sequer é meu, como fazia quando pequena e meu pai me levava ao colégio e me dizia coisas como essa, coisas que eu só entenderia em dias como o de hoje.

Sei o que quero. E quero fazer o que quero. É a única coisa que me deram esses vinte anos sem você, antes de você. Quando era jovem, eu queria agradar aos outros, sempre pensava no que os outros queriam, não por generosidade, mas porque o que eu queria era uma coisa nebulosa, uma coisa que estava em muitos lugares e em lugar algum e, claro, não estava em mim. Assim me casei e assim vivi, como se fosse imortal, sem dar qualquer importância aos dias que passavam céleres. Como se o que sobrasse fossem dias, fossem horas, fossem minutos. Agora sei que o tempo é o único luxo que posso permitir-me. O único bem a que aspiro. Agora que tenho menos tempo para perder, não quero perder tempo, sei o que quero.

Quero você.

Com todo o terrível peso da vontade do verbo *querer*, te quero.

Fazia um tempinho que ouvíamos a mosca zumbir no nosso carro, mas é agora que ela pousa diante de nossos olhos. Começou a chover, ouvimos as primeiras gotas, caindo como azeite numa frigideira em nosso pára-brisa. A mosca pousa no meu pescoço e dou um tapa para afugentá-la. Ela então pousa no pescoço dele, não faço nada e é ele que sacode as mãos no ar, querendo livrar-se da mosca. Zumbe como uma mosca. Pica igual a um mosquito. Mata ela, acaba com ela, ele me diz, e eu levanto o papel em que ele me escreveu seu endereço (agora, que vamos separar-nos para sempre, ele me deu seu endereço), e dou golpes que me batem no rosto, nas mãos, no espelho retrovisor, no nariz dele, em todos os lugares menos na mosca, que continua fazendo seu barulho insidioso, sibilando feliz, imune a nossos golpes. A mosca voa sobre nós, que a ouvimos mas não a vemos; e só conseguimos ver o caminhão que vem em nossa direção quando já é tarde demais.

Antes desta viagem a vida me parecia igual a esses jogos de pedrinhas vermelhas com que as crianças brincam em alguns vilarejos perdidos da Índia, um monte de pedrinhas de cores misturadas, com um desenho que ninguém entende, umas sobre as outras, sem que se saiba se querem dizer alguma coisa ou não.

Hoje, porém, todas as pedras caíram no meu rosto. Toco meu rosto e só sinto que nele há milhares de pedras.

Meu rosto é o leito de um rio calcinado pelas feridas dessas pedras.

E quase não tenho tempo para pensar que somos apenas pedras no fundo do rio, amontoadas, machucando-se umas às outras e, ao mesmo tempo, terrivelmente juntas, juntas sem propósito algum, mas na iminência de que uma saia em disparada e arraste as outras corrente abaixo, até o precipício.

Desde pequena tinha vontade de desmaiar, mas nunca havia conseguido. Nos filmes, a heroína sempre desmaia nos braços certos. Meu irmão desmaiou uma vez na missa realizada no altar-mor. No colégio, os meninos me tampavam a boca e o nariz. Várias vezes estiveram a ponto de me matar, mas nem uma vez conseguiram que eu desmaiasse. Acho que agora tampouco desmaiei, só consegui perder os sentidos uns instantes. Meu rosto está cheio de cacos, tão grandes quanto pedras pequenas de rio; há alguém inclinado sobre mim: é um guarda civil, e não sei como chegou aqui em tão pouco tempo. Afasto os cacos que me cobrem o rosto como se fossem lágrimas, e tomo cuidado para que não me cortem. Não desmaiei, mas perdi alguma coisa. Ouço a sirena da ambulância que chega e então olho para ele, ao meu lado. Está de olhos fechados, e mexe a perna como se fosse a patinha de uma mosca. Como se não fosse sua. Move os lábios, sem abrir os olhos, entre convulsões, mas não diz nada. Lembro-me da mosca e do caminhão, lembro-me de quem sou, de quem éramos.

E então chegam os homens de branco e o levam, e me deixam.

Perguntam-nos onde nascemos, perguntam-nos como nos chamamos, perguntam-nos nossa idade e muitas outras coisas que já não interessam mais. O quarto não é branco, é verde, e não parece um hospital e, sim, um hotel. É um hospital pequeno e novo, onde se diria que ninguém jamais morreu. Os quartos têm duas camas, banheiro e televisão. Examinaram meu amor em primeiro lugar, logo que abriu os olhos. O protocolo médico obriga a atender primeiro o mais jovem, o que tem mais a perder. Fiquei sentada numa cadeira de plástico laranja um pouco descascada, até que chegou um médico com sotaque argentino e começou a me fazer perguntas. Em virtude de não sei que privilégio, ou dos queixumes do meu amor, ou do vazio que está o hospital, tão despovoada e salubre que é a comarca, puseram-nos cada um em um leito deste quarto particular de um hospital público. Está escuro, mas uma gota d'água que cai na pia quebra a escuridão total. Quase dá para ver que é uma gota branca. A cada duas horas vem uma enfermeira também de verde e nos acorda. Primeiro nos pergunta nossos nomes e depois invariavelmente quer saber quem é o rei da Espanha, e não sei se choro ou se rio; dizem que é para ver se estamos com comoção cerebral; a comoção é essa noite sem dormir. De manhã ele acorda e diz que vai morrer. Diz que não consegue respirar, eu lhe digo que está falando e não se pode falar sem respirar, ele me pede que ligue para seu irmão Antonio, em Paris, e lhe diga que está morrendo, pede-me compota de maçã, eu a consigo com a ajuda das amáveis enfermeiras, e ele diz que quase certamente vai ter *salmonella;* pede-me que suba as persianas e eu as subo; pede-me que as abaixe e eu as abaixo. À tarde tudo me dói, estou cansada e tenho gosto de ferro na boca. É noite mais uma vez, e continuo com esse gosto na boca, como se estivesse mordendo uma colher o tempo todo. Ele agora está de bom humor, arrepende-se de seu dia de rabugento, quer ir embora. Eu também quero. Cada um de nós está na sua cama, sabendo que a paz dos hospitais, ao menos dos públicos, não dura mais que duas horas; conto-lhe minha história no outro hospital no qual as enfermeiras nunca apareciam e que minhas mamas me salvaram a vida. Ele se aproxima da minha cama, sobe nela e me abraça. Com força. Nós dois estamos com as batas de hospital abertas atrás, quase nudistas. Nossas peles se roçam através das tiras. Ele me beija. Eu o beijo. A cama fica menor e, ao mesmo tempo, fica maior. Um beijo pede outro beijo, um beijo nos mamilos pede um beijo no sexo. Com ternura, com desespero, ele sobe em mim, quase me violenta, eu quase o violento, está me dando outro chupão no pescoço, que vergonha quando o médico vier de manhã, que prazer, sua língua é tão grande como meu corpo, ele me arrancou a bata, rasgou as alças, meus mamilos enrijecidos disparam até o céu, eu também disparo, com ele. Ele se mexe mais devagar do que a terra e mais fortemente também, mais, e mais, e mais um pouco e podemos tocar o andar de cima, estamos tão úmidos como o mar, tão besuntados quanto o petróleo que nos manchou, não somos ruivos, mas ardemos na ardente cor vermelha, não pode ser que em Nauchipán gozem tanto, eu nunca havia gozado assim, eu... nunca... eu...

Sua semente está na minha boca e a noite fica maior.

Vejo que você está melhor, digo, então ele vê o *piercing* que eu estava mastigando enquanto o beijava. Então ele vê o sangue na minha boca.

Mais uma vez me dizem que vou morrer, mas dessa vez não acredito neles. Não sabia que uma pessoa pudesse ouvir essa frase tantas vezes e continuar vivendo, mas tampouco sabia que era possível fazer amor em um leito de hospital. O travesseiro ficou salpicado de uma chuva vermelha como uma varíola de cerejas, e nos lugares em que nos beijamos, a mancha vermelha se estendeu e desenhou rosas fantasmagóricas como a entrada de Nauchipán. Dizem que estou com hemorragia interna, um médico de cabelos ruivos, que parece ainda mais jovem que meu garotão, acaricia meu cabelo. Dizem que vão realizar um exame em mim, uma coisa com nome que parece um buraco, uma endos... quê? É melhor não aprender o nome dessas coisas. Adormeço, ou me adormeceram, porque em vez do médico, vejo a velhinha que nos deu os brotos. Ela pega minha mão e me leva a seu poço. Nós descemos sentadas num cubo fantástico, é tão grande que poderiam sentar-se quatro pessoas e em todas as partes estão desenhadas as cabeças mágicas e lá embaixo existe um portão enorme com dobradiças de prata e o ancião venerável nos espera, aquele que outrora fora ruivo. E debaixo da casa da velha senhora se estendem ruas sob a terra e nos dão a mão os habitantes de Nauchipán, que nos esperam há muito tempo.

O ancião me abraça e aperta minha mão; sinto que me pôs uma coisa nos dedos. Então abro os olhos e vejo que estou apertando o tubo de soro, e que meu homem está ao meu lado e me beija o cabelo.

Quando abro os olhos outra vez, vejo que tenho na mão uns brotos, como os que nos deu a senhora do poço, só que esses estão talhados em pedra.

O carro não havia sido tão danificado quanto nós ou, talvez, se queixasse menos. Enquanto me remendavam, meu amor o levara a uma oficina e ele se mantinha de pé sobre suas rodas novas. Entretanto, era evidente que nunca voltaria a ser o mesmo. Toda a parte dianteira estava amassada, e, embora a peça quebrada tivesse sido substituída por uma nova, o carro inteiro era uma cicatriz, cheio de mossas e arranhões cinzentos. Movimentava-se muito mais devagar e fazia um chiado desconhecido, como se o freio já não funcionasse ou estivesse velho, o que nos fazia pensar que não nos levaria muito longe, mas era o nosso carro, estava aqui e nós também, outra vez na estrada.

Os dias no hospital pareciam um sonho. Minha hemorragia estancou espontaneamente e disseram que era um caso entre mil. Também nos contaram que o caminhoneiro ficou admirado com a habilidade com que conseguimos no último minuto evitar o choque frontal. Eu conservava minhas pedrinhas; os brotos herbáceos haviam desaparecido como tantas outras coisas perdidas no acidente.

E quando naquela manhã saímos do hospital tocando a buzina e dirigindo muito devagar até a linha do horizonte, pareceu que nada havia acontecido e que nossa viagem recomeçava mais uma vez.

Já fazia frio demais para continuar dormindo na tenda russa (sólida, rústica, confiável, cujas pregas eu aprendera a amar) e eu não queria dormir no carro estropiado, com meu corpo estropiado, no qual as marcas dos chupões no meu pescoço se confundiam com as manchas roxas. Por isso, dirigimos durante horas procurando um hotelzinho simpático, mas escureceu e não o havíamos encontrado. Vimos um relâmpago e esperamos o trovão. Não houve trovão algum e deduzimos que a tempestade ainda estava muito longe.

Não havia onde dormir e não dormimos, talvez o sono nos tivesse feito ver as coisas diferentes.

Porque foi então que ele disse.

Amanhã vou embora. Você pode me deixar num lugar qualquer. Preciso voltar para casa, o curso está para começar, e tenho de trabalhar, ganhar dinheiro. Não podemos continuar vagando pelo mundo sem pensar em nada.

E Nauchipán?, pergunto-lhe.

Você nunca acreditou em Nauchipán, por que acreditaria agora? Talvez eu tenha inventado Nauchipán para impressionar você, para lhe parecer mais velho ou mais interessante, talvez eu tenha desenhado o mapa na loja de conveniência do segundo posto de gasolina onde paramos, aquele em que nos encharcamos de gasolina e só faltava alguém que nos ateasse fogo. Suponho que você tenha acendido o fósforo ou talvez eu trouxesse o fósforo comigo. Talvez tenha sido o sonho de um verão e agora faz frio e eu tenha ficado adulto e o sonho tenha acabado.

Mas o mapa é de um pergaminho finíssimo, digo, e tenho na mão as cabecinhas de pedra...

Talvez eu as tenha feito para você, como presente de despedida enquanto você estava inconsciente. Você afinal conseguiu desmaiar, cara, só que, quando se desmaia de verdade, não se percebe nada. O barato é esse. Quando a coisa é séria, a gente nunca se dá conta.

Então a gente não vai mais se ver, digo.

Quem sabe? Talvez a gente se veja de novo, não sei o futuro, mas sugiro que você desta vez me dê seu endereço e telefone.

Acho que já não tenho endereço nem telefone. Não acredito que os que eu tinha continuem existindo quando eu voltar para casa.

Então me dê o número do seu celular.

É isso aí, o celular, digo, e tiro a esferográfica da bolsa, mas ainda não escrevo nada.

Fizemos muitas coisas nessa noite, mas prefiro não contá-las. Vou dizer apenas que a noite não acabava nunca e que quando por fim começamos a ver claridade, no frio pungente que antecede o amanhecer, eu não sabia se a umidade era o orvalho, ou se eram nossas lágrimas.

De manhã vejo tudo diferente. Estamos dirigindo lentamente em direção ao centro do país, em direção à enorme capital que fica no meio dos campos. Toda a paisagem está queimada, ressecada, árida. Não choveu nos últimos três meses, mas agora, à nossa frente cai um dilúvio. Chove. Chove de verdade, a chuva ensopa os primeiros depósitos industriais e as torres de alta tensão. Começam-se a ver casebres e cartazes publicitários. Voltamos para casa.

E eu digo:

Por que a pressa? Poderíamos voltar amanhã, não haveria problema em continuar mais um dia, para ver aonde nos leva a pista dos ruivos e das cabecinhas de pedra. Afinal de contas, o amor é só mais um dia.

Mas ele diz: Pare aqui.

É a última loja de conveniência antes da cidade. Ele me dá um beijo demorado, com gosto de sal. E tira a mochila do meu carro. Não me atrevo a olhar para trás enquanto me afasto. Não posso acreditar que o carro se distancie dele, que eu seja capaz de dirigir sem ele, de deixá-lo ali.

Sozinho.

Na estrada.

Mas o carro não se cala, claudicando e rangendo as rodas que entram nas curvas do novo caminho.

Não olhei nem uma vez para trás, nem sequer pelo espelho retrovisor. Nesse dia, descobri que é possível dirigir com os olhos fechados. Embora por pouco tempo.

Uma das razões pelas quais sempre gostei de viajar de carro é porque não esperamos que alguém esteja à nossa espera. Não existe estação, não existe plataforma, não existe sala de desembarques. Não existe um lugar onde se amontoem os amigos com lenços, para se despedir de nós, nem um tumulto de pessoas que esperam outras pessoas. Prefiro que ninguém venha despedir-se nem da vida nem ao partir para uma viagem. Mas chegar é outra coisa. Para que possamos dizer que chegamos, alguém tem de nos esperar. Se ninguém nos espera em lugar algum, é como dizer que já não temos lugar aonde ir.

Toda vez que desci de um trem ou de um avião, embora soubesse que ninguém me esperava, via a multidão anônima e feliz que distribuía abraços, e sempre sonhava que, sem eu saber, alguém tinha vindo receber-me. Eu procurava essa pessoa entre os rostos desconhecidos, entre ramos de flores que eram para outros. Nunca pude acreditar totalmente que ninguém me estaria esperando.

E agora descubro que, mesmo viajando de carro, existe uma plataforma imaginária.

Só que agora a plataforma é o mundo inteiro.

E o mundo inteiro está tão vazio como eu.

Apesar de tudo.

Peguei o carro e dirigi rumo ao leste. Não estava certa de me lembrar da entrada da cidade que levava à minha casa. Claro que também não estava certa de ainda ter casa. Dessa vez a gasolina havia acabado. Eu o havia deixado em um posto de gasolina, mas a última coisa de que me lembrava era de que os carros precisam de gasolina de vez em quando. Paro no último posto de gasolina e vejo que fica em frente àquele em que vi o falcão. Eu o procuro no céu, mas só se vêem corvos negros. Paro diante da bomba de gasolina e procuro o celular na bolsa. Esteve desligado todo esse tempo, mas nunca tive coragem de jogá-lo num canal ou num rio. E agora não sei a quem telefonar. Não sei o que fazer com o resto da minha vida. Ainda estou com as pedrinhas, eu as comprimo e elas me arranham a mão. Não sei se volto ou continuo um pouco adiante. Talvez ainda me acontecesse alguma coisa. Eu poderia ir à procura de Nauchipán, poderia ficar famosa como a mulher que encontrou os outros homens. Os que eram diferentes. Nauchipán poderia mesmo existir, afinal de contas.

O frentista me olha como se nunca houvesse visto uma mulher como eu. Passa as mãos no cabelo grisalho e lhe ficam marcas negras nas têmporas. As marcas de um caminho longo. Digo-lhe que encha o tanque ao máximo, eu sempre quero o tanque o mais cheio possível, digo a ele. E então o vejo: é um moreno magro, com uma mecha branca sobre o cabelo preto encaracolado, preso por uma bandana colorida e com jeito de não saber aonde ir. Está perguntando a todos os carros se podem dar-lhe uma carona, e agora se aproxima do meu. Não sei o que fazer. Poderia levá-lo comigo para procurar Nauchipán. Ele não parece ter pressa para chegar a lugar algum. Pergunto-lhe aonde vai e ele me responde que não importa. Seu olhar é mais bonito do que os olhos.

Não pode ser, você não pode levá-lo, você precisa voltar para casa.

Sei que me arrependerei se deixar que ele entre no carro. Esse homem pode me matar, pode me violentar.

Mas então ele olha para mim.

Uma vez, faz muito tempo, prometi que dedicaria todos os meus livros à memória do meu irmão. Desde então, escrevi cinco livros; alguns só ele pôde ler, outros, todos podem. Enquanto um sinal não me libere de minha promessa, há muitas pessoas a quem dedicaria este livro, e às quais só posso agradecer por havê-lo tornado possível.

Obrigada a:
Ramón
Guido
Julio Llamazares
Carles Reves
Raquel de la Concha
Fernando Marías
Ricardo Virtanen
Juan Gastón Alonso
Carmen Rigalt
Pablo Álvarez
Juan Echanove
Eduardo Molina Muñoz
Jan Muller
Ferdi
Marta Patak
Gyuri e Zsuzsa
Mauri
Ana Ossenbach
Beatriz Cobeta
Beatriz Coll
John P. Dywer
Cote Hóspido
Ana Lyons
María José Anta
Emilio Ruiz Granda
Dr. Antonio Luis Fernández
E à memória de David Méndez Álvarez.
Teremos saudade de teus olhos.

Este livro é dedicado,
mais uma vez,
a meu irmão
porque não poderá lê-lo,
e a você,
porque o leu.

Este livro foi impresso na Editora JPA Ltda.
Av. Brasil, 10.600 – Rio de Janeiro – RJ,
para a Editora Rocco Ltda.